Seringueiros
sobrevivendo
ao sistema

Editora Appris Ltda.
1.ª Edição - Copyright© 2021 do autor
Direitos de Edição Reservados à Editora Appris Ltda.

Nenhuma parte desta obra poderá ser utilizada indevidamente, sem estar de acordo com a Lei nº 9.610/98. Se incorreções forem encontradas, serão de exclusiva responsabilidade de seus organizadores. Foi realizado o Depósito Legal na Fundação Biblioteca Nacional, de acordo com as Leis nos 10.994, de 14/12/2004, e 12.192, de 14/01/2010.

Catalogação na Fonte
Elaborado por: Josefina A. S. Guedes
Bibliotecária CRB 9/870

L963s
2021
	Lunguinho, Janilson
	    Seringueiros sobrevivendo ao sistema / Janilson Lunguinho. - 1. ed. - Curitiba: Appris, 2021.
	    87 p.; 21 cm.
	
	    Inclui bibliografia.
	    ISBN 978-65-250-1881-2
	
	    1. Seringueiros. 2. Seringais. 3. Indústria. I. Título.
	
	                                          CDD – 331.763

Appris editora

Editora e Livraria Appris Ltda.
Av. Manoel Ribas, 2265 – Mercês
Curitiba/PR – CEP: 80810-002
Tel. (41) 3156 - 4731
www.editoraappris.com.br

Printed in Brazil
Impresso no Brasil

Janilson Lunguinho

Seringueiros sobrevivendo ao sistema

FICHA TÉCNICA

EDITORIAL	Augusto V. de A. Coelho
	Marli Caetano
	Sara C. de Andrade Coelho
COMITÊ EDITORIAL	Andréa Barbosa Gouveia (UFPR)
	Jacques de Lima Ferreira (UP)
	Marilda Aparecida Behrens (PUCPR)
	Ana El Achkar (UNIVERSO/RJ)
	Conrado Moreira Mendes (PUC-MG)
	Eliete Correia dos Santos (UEPB)
	Fabiano Santos (UERJ/IESP)
	Francinete Fernandes de Sousa (UEPB)
	Francisco Carlos Duarte (PUCPR)
	Francisco de Assis (Fiam-Faam, SP, Brasil)
	Juliana Reichert Assunção Tonelli (UEL)
	Maria Aparecida Barbosa (USP)
	Maria Helena Zamora (PUC-Rio)
	Maria Margarida de Andrade (Umack)
	Roque Ismael da Costa Güllich (UFFS)
	Toni Reis (UFPR)
	Valdomiro de Oliveira (UFPR)
	Valério Brusamolin (IFPR)
ASSESSORIA EDITORIAL	Manuella Marquetti
REVISÃO TÉCNICA	Eduardo Di Deus
REVISÃO ORTOGRÁFICA E GRAMATICAL	Katine Walmrath
PRODUÇÃO EDITORIAL	Isabela Calegari
DIAGRAMAÇÃO	Yaidiris Torres
CAPA	Eneo Lage
ILUSTRADOR	João Francisco Teixeira Teófilo
COMUNICAÇÃO	Carlos Eduardo Pereira
	Débora Nazário
	Karla Pipolo Olegário
LIVRARIAS E EVENTOS	Estevão Misael
GERÊNCIA DE FINANÇAS	Selma Maria Fernandes do Valle
COORDENADORA COMERCIAL	Silvana Vicente

Devemos superar qualquer meta ou objetivo, mesmo que isso custe sangue, suor e lágrimas, disse o diretor.

Agradecimentos

A publicação deste livro se tornou possível graças ao generoso apoio recebido de algumas empresas e pessoas ligadas ao mundo da heveicultura. Agradeço ao apoio recebido de Rubber Route (na pessoa de Juan Sierra Hayer), QR Borrachas Quirino e Braslátex, e de parceiros no mundo da borracha: Luis Antônio Molina, Gilson P. de Azevedo, Thiago Massaroti (Consultec Agro), Antônio de Pádua Alvarenga (Epamig), Oswaldo Maltaroldo Filho e Heiko Rossmann (Lateks Comunicação). A esse último, além do apoio financeiro para a viabilização desta obra, agradeço pelo empenho para conseguirmos outros apoiadores.

Agradeço também a Eduardo Di Deus, pela parceria e estímulo no processo de organização do livro, a Elizeu Vicente dos Santos, que gentilmente escreveu a quarta capa do livro, e a João Teófilo, pelas belas ilustrações que engrandecem o projeto.

Por fim, um agradecimento especial à minha família: esposa e filhos, meus irmãos, minha mãe e, principalmente, a meu pai. Este último, devido à memória, infelizmente não consegue mais ler. Mas devo a ele o incentivo para que procurasse uma oportunidade na grande plantação onde se desenvolvem as histórias contadas neste livro.

Prefácio

Foi mais ou menos em meados de 2014 que cheguei ao noroeste de São Paulo para realizar pesquisa de doutorado com seringueiros da região. Eu procurava trabalhadores experientes, com os quais pudesse aprender sobre o ofício da sangria. Um empresário do ramo, com o qual vinha conversando, disse-me que tinha a pessoa certa para me apresentar: um seringueiro e professor de sangria que já tinha ensinado o ofício em uma grande plantação no Mato Grosso — que foi a seu tempo o maior seringal das Américas — antes de se estabelecer na região paulista que mais produz borracha no Brasil.

Assim conheci o Janilson Lunguinho, que aceitou me receber nos lotes de seringueira em que trabalhava, e se tornaria um dos principais interlocutores em campo, apresentando-me também a outros amigos seringueiros. Logo, Janilson me revelaria que vinha escrevendo aos poucos algumas memórias da vida e do trabalho na grande plantação e que tinha grande vontade de transformar seus escritos em livro. Na época, enquanto o autor trabalhava no seringal e cursava engenharia agronômica no período noturno, iniciamos um trabalho conjunto de organização dos escritos que deram origem a este volume que chega agora ao público.

Nele, encontramos entrelaçados o bom humor, o conhecimento técnico e a crônica de figuras humanas que, com o autor, "sobreviveram ao sistema" em um enclave agroindustrial no cerrado brasileiro. Com uma escrita direta e precisa, o autor nos faz conhecer um pouco mais sobre um dos maiores empreendimentos da heveicultura já existentes no Brasil. Com a publicação desta obra, Janilson Lunguinho se junta a um conjunto de trabalhadores que publicaram relatos autobiográficos relacionados à indústria da borracha natural, na esteira de *The Red Earth* (Ohio University Press, 1985), do vietnamita Tran Bu Binh; dos diários de John Yungjohann — seringueiro estadunidense que se aventurou nos altos rios amazônicos —, que foram publicados com o título *White Gold* (Synergetic Press, 1989); e de memórias póstumas daquele que foi o seringueiro mais célebre, *Chico Mendes por ele mesmo* (Martin Claret, 1992). Diferentemente dos demais, Janilson traz ao público ainda em vida seus escritos, adicionando à história da heveicultura mais um importante relato do ponto de vista de quem faz as árvores produzirem borracha.

Eduardo Di Deus
Professor da Universidade de Brasília

DE ONDE VENHO? QUEM SOU?

A razão pela qual escrevi este livro foi mostrar para o leitor uma realidade sobre o maior seringal do país, sua organização, seu sistema, filosofia de trabalho etc. Foi uma saga que durou 30 anos. Milhares de famílias passaram por ali, com mais de 12 mil contratados ao longo desse tempo, mantendo sempre cerca de 1.300 pessoas em campo e mais uma boa leva em outros setores, a depender da época.

Relatarei aqui muito do que vivi e ouvi em mais de 12 anos nos quais me dediquei a essa empresa, entrando de braçal e saindo como monitor técnico (instrutor formador de seringueiros) e estudante de agronomia, não mais no cerrado brasileiro, onde tudo aconteceu, e sim já transferido para São Paulo. Isso foi depois de ver o fim de um verdadeiro Eldorado, um império no centro-oeste brasileiro, onde se fundou a maior usina de beneficiamento de borracha do país, um grande viveiro de mudas e o palco de grandes lutas para alcançarem produção com tantas adversidades, como: conflitos, falta de mão de obra, exigência, greves, terras fracas, pragas e doenças no seringal. E, o principal de tudo, o homem, o brasileiro lutador que se adaptaria ao sistema ou sairia a qualquer hora. Tudo o que se passou, durante essas três décadas, com lendas, mortes, o dia a dia, as técnicas e o treinamento.

Isso mostra que, apesar de sufocante, o sistema formou inúmeros profissionais em diversas áreas, que estão doutrinados, capazes de trabalhar em qualquer empresa semelhante, graças aos milhões gastos em formação, infraestrutura, transporte, segurança, lazer e tudo o que compôs esse grande império. Tudo você poderá ver sem mentiras, dogmas ou balelas. Depoimentos verdadeiros, provas vivas de que ali não tínhamos tempo para chorar ou pedir socorro, mas sim lutar e vencer. Quem sobrevivesse, é claro.

Na realidade, não pretendo relatar muito sobre minha história ou minha família, pois minha intenção é falar sobre seringueiros e a saga que vivemos durante essas décadas. Porém, nunca omiti minhas origens. Sou paulista de Cubatão, nascido em 5 de julho de 1978, filho de um casal de pernambucanos. Os dois são primos legítimos, casaram ainda no Pernambuco. Do casal nasceram quatro filhos, sendo eu o terceiro. Cresci em Coxim, Mato Grosso do Sul, para onde nos mudamos em 1984. De lá saí pelas primeiras vezes em 1996, depois de ter trabalhado em olaria, construção, como boia-fria e em depósito de bebidas. A cidade era fraca de emprego e eu de lá saí aos 18 anos para cortar cana, trabalhar em lavoura de soja e milho e fazer de tudo em fazenda.

Depois de eu ter trabalhado boa parte da infância e da adolescência em serviços pesados como esses, meu pai me aconselhou a procurar o seringal em Mato Grosso, que ficava a 140 quilômetros de Coxim. Eu resisti por algumas vezes, devido a pessoas que falavam da rigidez do sistema. Ele usou estas palavras: "Vai até o Zé Mariano (um parente distante, amigo e pedreiro, assim como meu pai), conversa com ele, pois os filhos e genros dele gostaram muito de lá quando trabalharam na seringa. Depois você tira suas próprias conclusões, se gostar ou não, foi por sua própria experiência. Veja bem: lá trabalha na sombra, pode estudar e tirar a carta de habilitação, que você deseja. E nenhum trabalho pode ser tão duro quanto o da olaria, onde você trabalhou nesses anos todos. Veja também que poucos fazem o que você faz, encaram o que você encara. Se você não gostar, a nossa casa está aqui, e o pai está aqui. Zé Mariano, amigo de pescaria, me disse que não estava na seringa porque não fichavam mais devido à idade dele. Mas seu filho e esposa confirmaram as vantagens. Ele até me disse que lá era bom para pegar bico de pedreiro nas horas vagas, você que já faz muita coisa na construção vai se dar bem". Daí por diante, eu me decidi, isso foi no início de 1999. Antes de sair, faltavam uns quatro dias e encontrei um amigo e colega de escola, a quem chamei para ir junto. Ele me disse para irmos depois do carnaval. Eu decidi e fui logo. Quando desembarquei, em 8 de fevereiro de 1999, estavam fechando a contratação naquele momento. Fui um dos últimos a serem contratados, no dia 10, e comecei no dia 12 de fevereiro. Ali tudo começou. Mais de vinte anos depois, descobri que esse rapaz que não quis ir já tinha sido internado várias vezes por alcoolismo.

No grande seringal, iniciei ainda como braçal, recolhendo borracha e usando a carroça movida a burro. Assim tudo começou, até eu ser enviado para a escolinha para ter a formação de seringueiro e ser classificado profissional ainda em 1999, no mês de abril. Daí por diante, tornei-me um dos sobreviventes desse sistema.

O SERINGAL E OS SERINGUEIROS

Seringueira, seringais e o cenário desta história

Em todo o país, existem lugares onde famílias foram trazidas para colônias para trabalhar com diversas culturas. Alguns exemplos são o cacau em Ilhéus, Bahia; o café no sudeste do Brasil; a colonização do sul do país com imigrantes europeus, para trabalhar principalmente com o café. Essas migrações influenciaram na cultura, religião e desenvolvimento. A escravidão, no início da colonização brasileira, trazendo nativos de diversas regiões da África e transformando esse povo em escravo em quase todo o Brasil, foi outro exemplo de influência na cultura, religião, tradição, culinária etc. Guerras, revoluções, economia, tudo isso foi o caminho para chegarmos aonde estamos. Não poderia deixar de falar dos japoneses em São Paulo, que chegaram até o Vale do Ribeira, no litoral sul desse estado, onde conheci alguns deles produzindo borracha. Aqui dei exemplo de lugares desenvolvidos, cidades erguidas e muita história para contar. Isso aconteceu em todo o país nos ciclos do café, borracha, cana-de-açúcar, produção de charque, criação de gado de leite. Todos esses são exemplos de pequenos impérios ou propriedades grandes que buscaram de estrangeiros a nordestinos, todos destemidos, determinados e com vontade de melhorar. Entre eles bandidos, fugitivos, bêbados, prostitutas e até algum apaixonado tentando esquecer alguém. Também outros a fim de ganhar dinheiro para voltar a suas terras de origem e se casar ou criar seus filhos e ficar ricos. Isso nos garimpos, lavouras, bananais, plantações de cacau, fazendas de gado, seringais. Esse é o ponto a que pretendo chegar. Eu sou um desses, um seringueiro, e pretendo escrever minha própria história.

O que é um seringueiro? E uma seringueira, o que é? Seringa, seringueira é uma árvore natural da Floresta Amazônica, encontrada em países como Bolívia, Peru, Equador, Colômbia, Venezuela, Guiana Francesa, Suriname, Guiana e Brasil. Seu nome científico é *Hevea brasiliensis*. Em 1876 o inglês Henry Wickham levou uma quantidade de sementes para a Inglaterra, onde conseguiu produzir mudas, que levou para o Ceilão, atual Sri Lanka. Esse ato chamaríamos hoje de biopirataria. No sudeste asiático, a seringueira foi estudada, desenvolvida, plantada em vários experimentos, até chegar em alta escala, fazendo dessa região o maior produtor de borracha natural do mundo, um produto até hoje insubstituível em vários setores industriais. Essas pesquisas e trabalhos feitos na Ásia contribuíram para que a seringueira pudesse ser cultivada em vários locais do planeta que apresentam as características tropicais, inclusive no Brasil, onde hoje se cultivam clones asiáticos.

Seringueiro, em alguns lugares conhecido como sangrador, é o trabalhador que sangra essas árvores, cortando um filete da casca, desobstruindo os vasos laticíferos em uma camada da casca chamada câmbio, próxima ao lenho, ou madeira, porém não pode chegar na madeira. Em simples palavras, cortar com uma faquinha uma raspa da casca para tirar o látex. Podendo ser homens ou mulheres, os seringueiros da árvore nativa da floresta, que não foi plantada pelo homem com a intenção de extrair o látex, e sim nascida naturalmente, têm suas técnicas, que são diferentes daquelas usadas nos seringais plantados em escala industrial. No entanto, elas foram e continuam sendo difundidas por pessoas que ao longo do tempo ajudaram para que essa atividade permanecesse viva, e os seringueiros, vivendo na floresta. Muitos líderes desses trabalhadores ficaram conhecidos mundialmente por sua luta em defesa dos seringueiros e da floresta, como Chico Mendes, Chico Ginú, Esaú, Wilson Pinheiro e outros. Uma delas, Marina Silva, chegou aos cargos de senadora e ministra de meio ambiente, além de disputar três eleições presidenciais.

Observamos seringais plantados em vários estados brasileiros. Em São Paulo, grupos japoneses de outros ramos também investiram em plantios de até 200 mil árvores (algo em torno de 400 hectares), que é o caso de um grupo de Marília do ramo de metalurgia que fez esse investimento. Outro caso é um grupo produtor paulista, que em sua estrutura tem mais de 80

casas em uma fazenda em José Bonifácio, que foi e continua sendo uma referência, que produziu muita muda, enviando para todo o país, e em sua estrutura continha olaria, serraria, escolas, viveiros. Nos dias de hoje, parte desse seringal está sendo derrubado para extração da madeira. Algumas fazendas do noroeste paulista têm mais de meio século de plantio. Já no litoral sul, o caso do Vale do Ribeira, a introdução da heveicultura veio por incentivo do governo, nas décadas de 1950, 60 e 70, com a intenção de desenvolver a região. Esses projetos foram abandonados, não tiveram sucesso, pois se demorou cerca de 10 anos para iniciar a exploração. Muitos tiveram decepção, como Henry Ford, que plantou um seringal onde hoje é Fordlândia,

Pará, tendo linha de trem, salão de baile com sapateadores ingleses etc. Tudo veio abaixo com o ataque de um fungo causador do chamado mal-das-folhas.

No estado do Mato Grosso, existiram no passado alguns pequenos impérios. Grupos paulistas, usinas de processamento de borracha para o mercado pneumático. Esses grupos arriscaram a pele plantando seringueira no cerrado em média e grande escala em vários lugares, como em São José do Rio Claro e Pontes e Lacerda. Em outras situações, fazendas isoladas, de plantios subsidiados pelo governo, mudas de projetos em São Paulo foram desviadas para locais em Mato Grosso próximo ao Pará e Goiás.

Já familiarizados com a história da seringueira no Brasil, agora quero falar do seringal no qual passei um terço da minha vida e tive o primeiro contato com a seringa, aos 20 anos. Esse seringal, localizado no sul do Mato Grosso, foi nos anos 2000 o maior seringal da América Latina, sendo responsável por boa parte da produção de borracha daquele estado e do país. Possuía uma das maiores usinas de beneficiamento de borracha natural da América Latina, com um grande complexo industrial, estrutura para mais de 1.500 pessoas, divididas em quatro vilas, microusina de energia em uma área de mais de 10.500 hectares, contendo quase quatro milhões e meio de seringueiras plantadas e um viveiro com capacidade de produção de mais de um milhão de mudas. Essa unidade durou por trinta anos, de 1979 a 2009. Eu entrei na empresa em 1999, tendo vivido a última década de funcionamento, e permanecido por quase três anos a partir do fechamento da unidade, já atuando em outro estado. Iniciei na função de recolhedor de borracha, registrado como trabalhador agrícola. Fui formado como seringueiro industrial três meses depois, permanecendo um mês na escola de formação. Trabalhei como seringueiro durante cinco anos, sempre me dedicando ao máximo, conseguindo realizar os objetivos exigidos pela empresa. Depois desses cinco anos, fiz — e fui aprovado — uma seleção para o cargo de monitor de seringueiros, com uma concorrência de 53 candidatos para duas vagas. Eu me via com uma certa vantagem porque no meu segundo ano de empresa voltei a estudar, concluí o ensino médio, tirei minha habilitação e fiz curso de computação. O fato de ter experiência em outras profissões contou muito, pois a empresa observava o esforço dos funcionários, vendo que muitos praticavam esportes e outros faziam bicos fora da empresa (como soldador, pedreiro etc.). Como monitor de seringueiros, que é o professor que ensina as partes teórica e prática, passei a ensinar o que havia aprendido e praticado por esses cinco anos. Na escola de sangria, aprendi mais sobre o sistema, as normas da empresa, a qualidade do profissional e muita técnica, passando sempre por capacitações em diversas áreas, como relações humanas, trabalho em equipe, conhecimento de pragas e doenças da seringueira, produtos aplicados na planta e outras. Como profissional formei mais de oitocentas pessoas, capacitando inúmeras outras, não só para a extração da borracha, como também em outras atividades, como: preparação de áreas onde vai ser extraída a borracha, atividade conhecida como traçagem; preparação de painéis com riscos e canaletas. Tudo isso nos padrões de qualidade que a grande multinacional exigia. Trabalhando em missão para a empresa, estive no Vale do Ribeira, litoral sul de São Paulo; nas regiões de Marília e Matão, São Paulo; na Reserva Extrativista Guariba Roosevelt, com caboclos descendentes de soldados da borracha; nas Terras Indígenas Rikbatsa, Japuíra e Escondido, nas extremidades da Amazônia mato-grossense, dando assistência a indígenas e extrativistas. Isso é parte do conteúdo que tenho para passar aos leitores.

Quem são os sobreviventes?

Quem são os sobreviventes do sistema? Foram funcionários desse seringal como seringueiros, tratoristas, motoristas, operários da usina de borracha, do viveiro, seguranças, chefes de equipe de campo e da usina. Enfim, pessoas que, ao longo desses trinta anos de existência dessa unidade dessa grande multinacional, ajudaram desde a desmatar o cerrado, até a despachar caminhões de madeira de seringa que produziram por vinte anos. Entre essas pessoas, tem filhos e netos de pessoas que ajudaram a construir esse verdadeiro império que foi esse grande plantio, com usina de eletricidade, complexo industrial, secadores de cereais e toda sua estrutura, contendo vilas, núcleos de funcionários de alto escalão, comércio, igrejas, creches, escolas e agência de banco. Isso era o império regido pelo sistema.

Os sobreviventes do sistema foram aqueles que sobreviveram em meio à fartura de alimentos fornecidos pela empresa quase de graça, como arroz e feijão. Os sobreviventes passaram por greves, movimentos sindicais, momentos de glória com premiação, eventos de conscientização e prevenção de acidentes, entrega das cestas de Natal e muitos momentos, até o dia em que quase todos foram dispensados porque toda a parte de campo tinha sido vendida, boa parte para derrubar as seringueiras e aproveitar a madeira.

O porquê é difícil de encontrar, diziam que envolvia subsídio que o governo teria fornecido por trinta anos. Uma explicação é que ter plantado mais de quatro milhões de pés de seringueira no meio do cerrado no final da década de 1970, onde nunca havia sido plantado um seringal, foi um tiro no escuro. Segundo alguns entendidos, esses mais de dez mil hectares de seringa plantados em escala industrial tiveram, no início, exigência do governo brasileiro e de alguns órgãos que não permitiam naquela época plantar espécie, clone ou variedade de seringueira importada. O problema foi que os clones brasileiros são adaptados no seu habitat natural, que é a floresta úmida da região amazônica, como os estados do Acre, Rondônia, Pará e uma parte do Mato Grosso, a mais de mil quilômetros dali. Posteriormente foi permitido o plantio de clones importados, mas estes também não tinham a mesma produção que em outros lugares. A maioria dos clones (variedades) não se adequou ao cerrado devido à diferença climática, à qualidade do solo, à umidade relativa do ar e uma série de outras razões. Esses clones produziram pouco, cerca de 60% do que produzem no noroeste paulista, sem contar que pouco se desenvolveram em espessura de caule, copa e ramificações. Nas décadas de 1980 e 1990, a Região Centro-Oeste não tinha uma temperatura que chegasse a 45°, como viria a ocorrer na década seguinte. Ocorreu também um forte ataque de nematoides, uma praga que atinge as raízes e cria uma espécie de "batata", impedindo ou dificultando a absorção de água e nutrientes, reduzindo o desenvolvimento da planta e a produção. Na época, os técnicos informaram que essa praga teria vindo da cultura da soja, mas não consegui saber se havia mais de uma espécie ou ter certeza sobre essa origem. De fato, a fazenda já tinha produzido soja anteriormente e era cercada por produtores dessa cultura, que manobravam tratores e implementos nas proximidades do seringal.

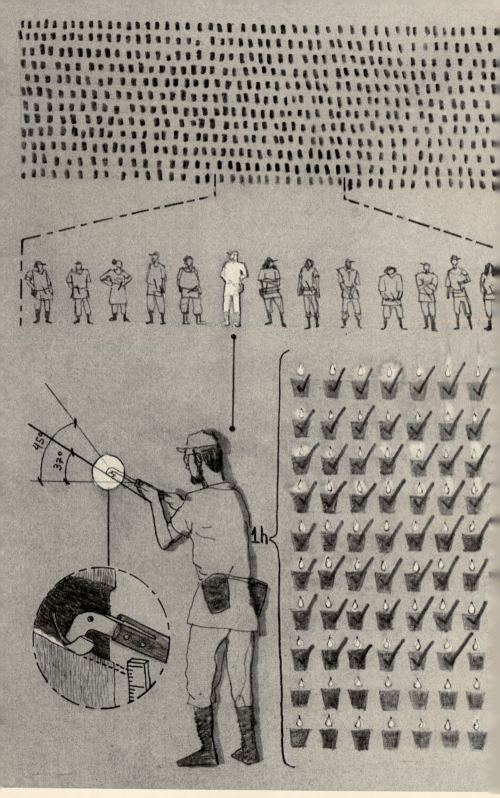

O Sufocante Sistema

O que realmente pode sufocar um seringueiro de uma multinacional, em escala industrial, com todos os recursos de uma empresa moderna? O sistema abafante é a resposta. Exigência de qualidade, rigidez no horário, metas e objetivos diários exagerados, burocracia em tudo o que se possa imaginar, como, por exemplo: sistema médico, parte de escritório, empréstimo, qualquer problema a ser resolvido. Tudo era burocrático, passava por diversas mãos. Se por acaso algum funcionário levasse uma picada de abelha ou formiga no campo, era motivo para uma junta de técnicos em segurança do trabalho, engenheiros de segurança do trabalho e até médico fazerem horas de interrogação e acusações cheias de palavras técnicas, que o pobre funcionário nem entendia. Depois era quase forçado a assinar uma ficha de acidente, quase acidente ou incidente. O chefe do envolvido tinha que ficar correndo atrás dessas coisas desnecessárias, além de correr atrás de assinaturas em vários departamentos. Era muita burocracia, muita dificuldade onde não existia. Essas fichas eram grampeadas com fotos e iam para pastas e arquivos.

Com tanta exigência no trabalho, a empresa terminava tendo máquinas humanas quase perfeitas. Foi para alguns produtores e empreiteiros (arrendatários) de São Paulo "um prato cheio". Eles induziam funcionários de até dez anos de empresa a pedirem contas e irem para São Paulo, abrindo caminho para a história se repetir. Alguns produtores paulistas tinham funcionários que iam até o Mato Grosso para serem contratados e formados como seringueiros profissionais, que sumiam da noite para o dia, levando conhecimento técnico de como explorar uma seringueira. Então um sistema que visava à disciplina, à técnica, à segurança, à qualidade, ao rendimento, tudo isso rigidamente aplicado, tornou-se uma referência de mão de obra e alvo fácil para alguns mercenários que iam apenas buscar o insatisfeito ou iludido seringueiro para ganhar mais e trabalhar menos. Às vezes, até mesmo clandestino, sem registro ou contrato, sabendo que restariam os sobreviventes do sistema. Fortes, tolerantes, sortudos ou desesperados.

Fomos mais de mil

Seria impossível não haver problemas em uma empresa no meio do cerrado, mantendo mais de 1.200 funcionários, com contratação durante o ano inteiro e boa parte desses funcionários vindos de fora e sem família. Porém, quero falar dos seringueiros. Para trabalhar com mais de quatro milhões de pés de seringueiras, sempre foram necessários entre mil e 1.250 desses profissionais. São seringueiros industriais com carteira assinada, folha de ponto, leis trabalhistas, organização e diretoria europeia. Havia formação de quatro semanas na escola de sangria para capacitação de mão de obra e ainda três meses de observação e acompanhamento no campo. Isso começou aos poucos na década de 1980, entrando áreas em exploração até chegar ao ponto de ter mais de quarenta equipes, com quinze a trinta funcionários cada. Nesse auge, todo ano entravam mais árvores a serem exploradas, até chegar o tempo em que começou a regredir. Nessas três décadas, muitos evoluíram profissionalmente e financeiramente, saindo de recolhedor de borracha natural (coágulos) para seringueiros, monitores (formadores, que é o meu caso), supervisores de equipe (chefe de equipe), motoristas, tratoristas ou operários da usina de beneficiamento de borracha. Porém, existiram problemas por ser um grande campo experimental que estudava diferentes clones de seringueira. As plantações decaíram, por alguns clones não pagarem sequer a mão de obra com sua baixa produção. Houve também outros motivos que não acho interessante citar. Sei que foram deixando de explorar até reduzirem para menos de trezentos funcionários no campo até o fim de 2009. Quem persistiu não foram só antigos, alguns saíram com menos de um ano de empresa. Porém, *fomos mais de mil*.

A grande disputa

O seringueiro tinha objetivos a cumprir. Não só sangrar a árvore, mas sim sangrar um objetivo diário que chegou até 1.350 árvores, recolher onde ele sangrou há três ou quatro dias e em alguns dias ter que passar um coagulante em toda a área que ele sangrou naquele dia, no caso de época chuvosa, para evitar que a chuva carregasse a produção que está em forma de látex dentro da caneca. Coagulava-se látex com um ácido, semelhante ao vinagre. Uma vez por mês, aplicava-se com um pincel uma substância tida como estimulante que faz com que a planta produza mais. Sem contar que a cada dois meses e meio riscava-se a árvore com um riscador, demarcando uma referência para controlar o consumo de casca, que deve ser de 1,4 ou 1,7 milímetros por corte, a depender do sistema utilizado. Nisso tinha dia em que o seringueiro chegava a percorrer mais de três mil e duzentas árvores a dois metros e meio de distância uma da outra. Tinha atividades como a coagulação, que era só pingar algumas gotas da solução, com uma garrafa descartável com um furo na tampa, que espirra a substância dentro da caneca onde está o látex. Para coagular o que o seringueiro sangra durante o dia, ele gasta cerca de uma hora e vinte minutos. Por outro lado, para sangrar essas árvores, cerca de quatro horas e meia. Porém, a exigência na qualidade era enorme. Existiam quatro controles mensais de qualidade (equivalentes a um por semana) que visavam aos seguintes critérios: o consumo de casca medido em milímetros; declividade, que tinha que obedecer às normas e às referências; risco de referência chamado geratriz, que devia ser obedecido; profundidade do corte, que devia estar entre meio milímetro e um milímetro e meio da madeira (se sangrar raso, produz pouco; se sangrar mais fundo, fere a árvore, chega na madeira); o ferimento era outro critério, o que mais penalizava nas avaliações, reduzindo a premiação de qualidade; por fim, havia o aspecto que era tudo aquilo que envolvia a qualidade e quantidade da produção, em mais de vinte e cinco itens a serem observados. Tudo isso eram normas de avaliação a fim de estipular um prêmio que se obtém conforme o resultado desses controles. Havia um manual com uma lista enorme de exigências que dificultava ainda mais para o seringueiro. Sem contar que existia um objetivo mensal estipulado em peso da produção individual, que variava de acordo com a idade da área, o clone plantado, em que local da planta estava sangrando, entre outros.

Com tantas cobranças, estão aí explicações para tanto tempo de formação, treinamento, acompanhamento, palestras e classificação. Esses prêmios de qualidade e produção poderiam chegar ao equivalente a quarenta por cento do ordenado mensal, que seria o salário, as horas-extras, mais os prêmios de qualidade e de produção. Havia também a disputa dos melhores do ano, que perdiam menos pontos nos controles de qualidade. A empresa classificava os melhores seringueiros da fazenda, com base nos controles feitos por um departamento que passava em todos os seringueiros todos os meses, observando a qualidade. Os outros controles eram feitos pelos chefes de equipe, para cada seringueiro titular de seu lote. No fechamento do ano agrícola, geralmente em setembro, reuniam-se os melhores seringueiros do ano, recebendo prêmios e condecorações que variavam de bonés e camisetas a prêmios de um a cinco salários-mínimos, além de televisões, bicicletas e outros. Sendo mulheres seringueiras, além dos mesmos prêmios, ganhavam uma cesta com chocolates, flores e castanhas. Entre os sessenta melhores seringueiros, está um grupo de seringueiros de sangria especial, ou experimentos. Esse grupo fazia parte de um departamento que trabalhava com testes e pesquisas. Seus objetivos eram menores, porém eles disputavam com os demais seringueiros.

Algumas ferramentas auxiliavam no controle de casca, como a trena ou régua, também a sonda, equivalente ao paquímetro, que mostra a profundidade do corte (sangria realizada). Tinha também o apoio dos chefes de setores, de equipe e monitores, que ajudavam na qualidade, orientando e ensinando formas e técnicas cada vez que solicitados ou em casos de início de ano agrícola, quando toda a área era preparada com riscos demarcando limites nas árvores, reposição e limpeza dos equipamentos, mais todos os procedimentos técnicos exigidos pela empresa para um bom início de ano agrícola. Daí todos começavam a disputa novamente da estaca zero.

Viveiro, onde nasce um seringal

A respeito do viveiro, esse que conheci tinha a capacidade de produzir mais de um milhão de mudas por ano, tirando para a fazenda e para encomenda. Sabemos que parte das primeiras mudas vieram de outros viveiros (de São Paulo), e parte do material genético também. Depois o viveiro, além de formar mudas para a fazenda e adjacências, possuía um jardim clonal e experiências genéticas, tendo como objetivo estudar e desenvolver clones mais produtivos e resistentes a doenças, fatores climáticos etc.

Esse viveiro e jardim clonal formaram enxertadores e viveiristas de boa parte do país, em que estagiaram agrônomos, técnicos agrícolas e pesquisadores até de fora do Brasil. O principal formador de enxertadores era o Duquinha, uma figura especial que eu não poderia deixar de citar. Era um colega de respeito, que me ensinou em cinco dias como enxertar uma muda. Ele foi o professor de quase todos os enxertadores, além de trabalhar com plantio, irrigação e os mais de quatrocentos clones existentes no viveiro. Ele integrava a equipe do viveiro. Outra figura de respeito profissional foi o JB, criador do viveiro, coordenador do plantio e chefe de vários setores, sendo o funcionário mais antigo da fazenda. Tive o prazer de tê-lo como meu chefe na escola de formação de seringueiros, pouco tempo antes de ele se aposentar. Esse ajudou a derrubar o cerrado, plantar o seringal e assistiu à derrubada da primeira árvore que já não compensava mais explorar, por fatores genéticos, climáticos etc. Se eu pudesse, dedicaria um livro só pelos serviços prestados e histórias de experiência que esse gênio da heveicultura presenciou e ajudou a construir.

Seringueiro, de onde vens?
Ou: consequências do sistema

Desde 1999, quando conheci o seringal, trabalhei com pessoas de todos os lugares do Brasil. Muitos vindos dos estados de Mato Grosso e Mato Grosso do Sul, outros tantos nordestinos. Só não ouvi falar de potiguares e sergipanos, mas alagoanos e piauienses havia em grande escala, além de cearenses, pernambucanos, baianos e outros. Muitos vinham a convite de parentes, apesar de a empresa ter buscado em 2008 cerca de setenta alagoanos e mais cinquenta baianos. De Santa Catarina e do Paraná, também veio uma remessa de vinte a trinta trabalhadores. Descendentes de indígenas de Cáceres, Mato Grosso, e Bodoquena, Mato Grosso do Sul, vieram em ônibus lotado. Sul-mato-grossenses de Jardim, Coxim, Rio Verde e Sonora. Eu, que tinha sido contratado em 1999, era o funcionário de registro número 7.710, enquanto em 2009 o registro dos últimos funcionários estava na casa de 13 mil.

Devido ao sistema, administração e forma de trabalho terem sido alterados em relação ao início da exploração do seringal, ninguém tinha prazer de trabalhar lá. Ficaram por necessidade e falta de opção. As migrações eram contínuas, as contratações bem menos numerosas por conta da baixa produção e áreas que foram derrubadas, redução de efetivos etc. Mais nordestinos chegaram não só no seringal, mas também na algodoeira que fica próxima. Eram muitos maranhenses e alagoanos safristas.

E os mineiros, famosos por terem boa qualidade, quase todos eram da mesma região, de Montalvânia, no norte de Minas, de onde vieram cerca de 40 famílias. Com tradição de mais de quinze anos na empresa, sempre chegavam ou saíam parentes dos mineiros. Outros passaram todos esses anos e nem sequer saíram de suas vilas a não ser para fazer compras. Quase nunca eram vistos no distrito ou em alguma festa, eram reservados. Os seringueiros antigos todos têm história de parentes que vieram e que voltaram. No meu caso, foram e vieram um irmão e dois primos, e eu continuei sobrevivendo ao sistema. Mudou a forma de trabalho, as condições, implantaram sistemas caóticos, patéticos e alguns bem-intencionados, porém nada possibilitou ao seringueiro ganhar mais e trabalhar menos. O último sistema, no fim de 2008, diminuiu a quantidade de árvores a serem sangradas e recolhida a produção. Diminuiu a correria, a pressão e opressão, porém cortaram os extras normais e nos feriados em 100%. O prêmio de qualidade e produção ficou limitado, pois se via que os seringueiros ganhariam muito, a empresa não recolhia toda a produção do campo, deixando parte para o próximo mês. Nisso o salário passou a ser o da carteira e o prêmio regrado. Aumentou a saída e entrada de funcionários.

Seringueiro, quantos anos tens?

Os primeiros seringueiros dessa plantação chegaram no fim dos anos 1980, por volta de 1987 ou 1988. Os dados afirmam que os mais velhos de sangria tinham entre vinte e vinte e um anos *de faca*, como chamávamos. Alguns entraram com a média de 18 anos, pois existem muitos funcionários com vinte anos de empresa e 36 de idade, só que na oficina, lavador, usina. Os da seringa que tinham mais de dez anos de sangria, estes tinham mais de 28 anos. Eu tinha por volta de dez anos de empresa, e cerca de 30 anos de idade. A contratação dava preferência para candidatos entre 18 e 45 anos, porém já entraram vários cinquentões. Alguns estão no campo com 56, 58 e até 60. Porém, foram homens pacíficos, que nunca correram, não fizeram loucura e sobreviveram ao sistema, que com suas modificações não afetou tanto esses veteranos. Entretanto, enquanto esses sobreviveram, centenas de mais jovens e até coroas também sucumbiram sendo derrotados com tendinite, joelho estourado, varizes, problemas nos braços, caroços, lesões por esforços repetitivos (LER) etc. Eu quase estrangulei a coluna entre os anos de 2001 e 2003. Foram anos de muita produção, horas-extras. Eu pagava financiamento de casa própria na folha de pagamento, feito pela empresa em parceria com a Caixa Econômica. Pagava habilitação, estudava e tinha alguma despesa na escola, pagava móveis, comprei outra casa quase à vista e isso me fazia meter a cara no serviço, pois dava dinheiro e chegava em casa cedo, por volta das três da tarde. Quase fui afastado por conta disso.

O sistema de gestão de 2009, finalzinho de 2008, mudou, com menos trabalho e menos salário, pois a hora continua a mesma na carteira, só que prêmio de qualidade (em dinheiro), horas-extras, horas nos feriados e domingos, tudo foi cortado. Só o prêmio de produção que reduziu, pois se reduz o número de árvores a serem sangradas reduz a produção e eles limitam recolhendo só até certo dia determinado. Isso reduz o ganho do seringueiro e os antigos resistiram ao novo sistema. Grande parte deles abriu o bico e buscou outros rumos.

No distrito em que morávamos, encontrava-se boa parte dos pequenos comerciantes que são ex-seringueiros que não resistiram ao sistema e montaram bares, lojinhas, salão ou barbearia. Alguns deles com pouco mais de 40 anos, porém tinha história de corte de cana, roça e outros trabalhos antes do seringal. Outros eram de segunda geração, na época o pai se responsabilizava pelo filho e eles entravam na seringa na carpa, desbrota e até direto na sangria. Quando ficava a família toda (pai, mãe, filho ou filha), todos ganhavam praticamente o mesmo tanto e isso fez muitos progredirem. Nos últimos anos da empresa, a lei não permitia menores em quase todo o trabalho de tempo integral, e na seringa era raro um caso de rapazes de 17 anos. Tinha também os que deixavam o quartel quando dispensados e seu primeiro emprego fixo foi no seringal, esses eram muitos. Outros trabalharam, serviram e voltaram por outros motivos. Outros casos foram de evolução, que é o meu e de muitos. A empresa pegava como braçal, dava oportunidade e com o tempo passavam a ter cargos como chefes de equipe, encarregados de pequenas turmas, tratoristas, motoristas etc. Outros passavam em concurso e saíam do seringal. Mulheres que prestaram concurso para o Banco do Brasil e saíram, "é claro". Outros faziam faculdade a mais de cem quilômetros, iam e vinham todos os dias, isso homens e mulheres. Esses foram os seringueiros e suas idades.

Seringueiro, qual o teu apelido?

Dizem que escola agrícola, construção e quartel são os lugares campeões de apelido. Só que construção geralmente não tem mais do que trinta ou quarenta pessoas; no quartel é exigida uma disciplina, que impede alguns apelidos, e os soldados são chamados por nome de guerra; e escola agrícola nunca tem turma com mais de quarenta alunos. Já no seringal teve mais de mil seringueiros. Por isso foi um recordista de apelidos. Citaremos alguns e seus motivos.

Na categoria feminina, tinha a Perdigão, que trabalhou na empresa de mesmo nome em Goiás e tudo para ela nesse lugar era melhor do que em qualquer outro. Tinha também a Foca, que andava com as pernas fechadas e os pés para fora. Ela tinha trabalhado em boate e às vezes fazia *pole dance* nas seringueiras. Outra era a Meany Ranheta, que era uma senhora que parecia a personagem que corre atrás do Pica Pau, no famoso desenho animado. Ela era magra, com nariz grande e brava. A Mãe do Canhoto ganhou esse apelido por ter o seio esquerdo menor do que o outro. A Dona Flor, como a personagem de Jorge Amado, também tinha dois maridos. A Dengue era uma moça bem magrinha, como o mosquito transmissor da doença. A Mulher de Branco só vestia branco.

Já na categoria masculina, tinha uma subcategoria exclusiva para a falta de dentes: o Sorriso Vazio não tinha dente algum, Tridente tinha só três dentes. O Chapa Móvel, que vivia movendo sua dentadura na boca. O RDM (ou Riscador de Mamão) tinha apenas um dente. Diziam que servia só para riscar mamão. O Teclado, que tinha um dente sim, um dente não. O Vamp, que só tinha dois dentes. E o Porteirinha, que achava que seu apelido era uma homenagem à sua terra natal, de mesmo nome, em Minas Gerais, mas na verdade era por causa de um dente que faltava.

Gaiolão ganhou seu apelido por ter sido preso duas vezes no mesmo dia. O Bob Esponja era amarelo, com nariz redondo e pequeno e a boca bem pálida. O Sky tinha a orelha grande, como a antena de TV por assinatura. Tinha também o Sonífero, que se amigou com uma mulher experiente e só vivia dormindo no trabalho, chegando a dormir em cima da bicicleta e a cair no meio da equipe na hora de fechar o ponto. Outro era o Antônio Cansado, um paraguaio que falava a todo momento: "Eu tô cansado, senhor!". Chucky era tão parecido com o brinquedo assassino do filme que passou a ser assim chamado.

Tinha também o Seu Micose, que vivia com coceiras. O Monstrinho era um sujeito de pouca beleza, apelidado pelas mulheres. O Concordância concordava com a cabeça e costumava repetir o final da frase. Mas quem era bom nisso mesmo era o Bis, que ecoava tudo que lhe diziam. Se alguém perguntasse: "O senhor vai para o lote 4?", ele respondia: "É lote 4, é lote 4".

Não posso esquecer do Ora, que para qualquer pergunta que lhe fizessem a resposta era sempre a mesma: "Ora". Certa vez eu fui até onde ele estava trabalhando e tivemos o seguinte diálogo:

— Bom dia, seu Ora.

— Ora.

— E o parceiro, não veio hoje?

— Ora.

— Vai trabalhar no feriado?

— Ora.

— Então a gente se vê amanhã...

— Ora!

Minha conclusão é que "ora" queria dizer sim, não e talvez.

O médico do trabalho da empresa tinha o apelido de Doutor Bom Pra Tudo, pois só passava Dorflex para dor de cabeça, dor na coluna, dor de dente... qualquer dor, até para queda de cabelo. Seis e Meia sabia que o horário de entrada no trabalho era às seis, mas só chegava seis e cinco, seis e sete. Batizaram-no de seis e meia. Tinha os apelidos de lugares, como Maranhão, Piauí, Pará, Tocantins, Alagoas, Ceará, Manaus, Maceió, Goiano, Paulista. De Mato Grosso e Mato Grosso do Sul, tinha os apelidados com nomes das
cidades: Campo Grande, Cuiabano, Poxoréo, Guiratinga, Cascata, Jarudore, Poconé, Alto Garças, Itiquira, Itiquirão, Rio Verde, Coxim, Silvolândia, Pedro Gomes, Sonora, Piquiri.

Esses são apenas alguns apelidos, porém eram centenas e envolviam todas as classes, pois alguns funcionários revoltados, principalmente mulheres, apelidavam até os grandes chefes e diretores, com apelidos como Calígula e Hitler. A maioria deles não sabia desses apelidos.

Braços inaptos (o fim para muitos)

Alguns seringueiros da sangria industrial, que trabalharam fazendo diversas atividades por dia em um período de apenas sete horas e vinte minutos, tiveram problemas nos braços, ombros, colunas e até pernas, a chamada tendinite. Noutros apareceram cistos e outras sequelas. Tudo isso variava de um organismo para outro. Alguns trabalhavam anos e não sentiam nada, enquanto outros em poucos meses tinham que ser afastados e o fim era serem demitidos depois de passarem alguns meses em uma equipe de mudança de função, fazendo atividades diversas, mais leves e muitas delas constrangedoras. Esse também era o caminho de alguns que queriam ir embora, já que a empresa não fazia acordo.

O princípio desses problemas tinha vários fatores: o principal era o excesso de atividades exigidas pela empresa. Não era fácil sangrar mil árvores, aplicar coagulante nas mesmas mil, aplicar estimulante (com um pincel) em mais mil e em alguns dias até mesmo recolher mais mil. Ou seja, andar quatro mil pés na distância de 2,5 metros um do outro, fora o deslocamento de uma tarefa para outra, pois duas atividades eram feitas no mesmo lote (tarefa), porém as outras atividades seriam nos próximos lotes a serem sangrados nos dias seguintes. Exemplo: normalmente o seringueiro sangrava um lote (mil pés), aplicava coagulante nesse lote e recolhia a borracha coagulada do lote que ele iria sangrar no dia seguinte. Se tivesse que exercer mais uma atividade, a empresa pagava uma hora de compensação, ou seja, ia para o banco de horas no caso de precisar sair algum dia.

Nessas três atividades, o seringueiro (ou sangrador) demorava de 3,5 a 4,5 horas para sangrar mil seringueiras. Isso é de seis da manhã até mais ou menos dez e meia, mantendo um padrão rigorosíssimo de qualidade que exigia: manter a profundidade entre 0,5 e 1,5 milímetro da madeira; o consumo de casca a 1,4 ou 1,7 milímetros (a depender do sistema de sangria); a declividade deveria ser mantida a 37 ou 45 graus (dependendo do tipo da exploração, se é um quarto ou metade da árvore em espiral); evitar ferimento (se ferisse deveria desviar para que da outra vez não aumentasse o dano); manter tigela (ou caneca) limpa e não furada ou quebrada; canais onde corria o látex bem conservados e limpos; bica onde o látex cai bem limpa e fixa; e uma série de fatores que tínhamos que observar e reparar em frações de segundos.

A próxima atividade é mais rápida, a coagulação, que consiste em aplicar no látex uma solução coagulante que faz com que ele fique sólido. O seringueiro com um recipiente plástico de um litro aplica a solução de tigela em tigela, misturando com um bastão quase correndo até chegar à última árvore para que, se chovesse, a água da chuva não se misturasse com o látex líquido, pois isso faria com que este virasse água pura e escorresse até perder totalmente, como já relatamos. O vinagre ou coagulante, que é o mesmo ácido acético, evitava a perda da produção. Essa era a segunda atividade.

A terceira era rápida também, era o recolhimento da borracha, feito com uma caixa e uma correia, acumulando a produção das mil árvores em quatro ou até oito tambores que recebiam até cem quilos de borracha, dependendo da produção do lote. Essa correria durava de uma hora a no máximo uma hora e meia. No fim dessa terceira atividade, o expediente estava no fim e o seringueiro ia bater seu cartão às 14h20 e se deslocava para sua casa. Muitos trabalhavam a até 10km das vilas, e faziam esse deslocamento de bicicleta. Só as equipes mais distantes iam de ônibus, esses seringueiros sofriam mais, pois o deslocamento de um lote para o outro era feito a pé, e não de bicicleta.

Esses eram alguns fatores que faziam com que muitos se afastassem e fossem demitidos, quando não sofriam passando até necessidade esperando o pagamento do INSS. Outros fatores eram: falta de habilidade, clones cuja casca era mais dura, correria e loucura de fazer mais do que é normal e preocupação, opressão, fatores como o baixo salário, pois raramente tinha uma hora-extra. Isso fazia com que surgisse a doença, já que a tendinite vem de movimentos repetitivos, o trabalho é um dos fatores. O restante era consequência do organismo, como, por exemplo: má alimentação, depressão (causada por briga com o chefe ou em casa) e tédio (na maioria solteiros que estavam longe de casa, muitos nordestinos). O lugar era isolado de um bom centro comercial ou de lazer e em algumas vilas nem igreja tinha ainda. Esses fatores eram causadores de problemas de braço, que é o fator que mais debilita o seringueiro, ou melhor, deixa-o inapto, muitos para o resto da vida nunca mais poderão realizar a mesma atividade.

Para escrever este capítulo, me inspirei na fala de funcionários durante o almoço, que diziam não aguentar sequer segurar a filha, levantar o braço etc. Funcionários afastados que estavam em mudança de função.

Antigamente / Saudades

O que muito se via naqueles dias nas vilas do seringal e na vila externa, que é um distrito, e no interior do seringal, nas horas de almoço ou folga, eram pessoas de todas as categorias, desde seringueiro até gerente de setor, que se lembravam com saudades das épocas em que a empresa facilitava muitos benefícios para seus empregados. Um exemplo era a cantina quase de graça para os solteiros, com café, almoço e janta por 42 reais, nos anos noventa. Aquele tempo era cantina particular dentro da empresa, ônibus grátis, ambulatório nas vilas, clubes com baile todos os finais de semana que tinha pagamento ou vale, férias ou décimo terceiro. Para a comunidade católica, várias festas de padroeiros, quermesse etc. Os crentes com suas reuniões nas casas e tinha uma vila com um templo. As horas-extras, aquilo sim me deixa saudade. Sobre isso eu falava com todos os sobreviventes que encontrava por aí. Ali eu dobrei o ordenado por diversas vezes, até uma casa comprei com dinheiro de extras, férias e décimo. E esses tempos deixaram boas lembranças para todos que passaram por ali e participaram de festas, rodeios, circo, jogos, olimpíadas internas com dezenas de modalidades. As saudades dos bens adquiridos nas épocas de vacas gordas, como carros, motos, casas, dinheiro. Eram vidas, bens e valores maiores que dinheiro, como filhos formados, casados, aposentados. E hoje, com o fim do plantio, o fim da exploração do seringal, são só saudades e mais saudades.

AS VIDAS NO SISTEMA

X, o filósofo da faca

X é o apelido que o jovem seringueiro chamado Flávio ganhou por usar o som do X em quase todas as palavras. Por exemplo, "assim" ele falava "*axim*". "Você" ele falava "*voxê*". E, certa vez, por pronunciar a frase "*Oxe, cara, xabe que eu não xou trouxa*", eu disse: "Esse aí é o X!". E pegou. Você já imaginou alguém que tinha apenas o ensino médio ser apaixonado por leitura? O X lia Platão, Aristóteles, Sócrates. Amava nomes como Galileu, Einstein, Nostradamus. Isso fez de X um ser que tinha respostas sábias, hilárias e críticas para todas as perguntas. Ele exagerava em tudo. Se alguém chegasse com uma moto, ele já falava que ela valia uns dez mil reais. O dono falava: "Isso é uma moto de uns cinco mil...", ao que ele respondia: "Fora a revisão". O dono falava: "A revisão de uma moto dessas é quarenta reais...", e ele respondia: "Fora a troca de óleo!". Porém, o que mais me admirava em X era a velocidade do seu raciocínio, as respostas surpreendentes, a visão que ele tinha de tudo, em qualquer assunto, fosse política, religião, trabalho, tecnologia, o ser humano, principalmente a filosofia. A maioria de seus assuntos era polêmica. Certa vez X perguntou para que serviria o título de eleitor sendo que só com ele ninguém consegue votar, e com qualquer outro documento com foto a pessoa pode votar. Então para que serviria o título? "Tenta votar só com ele para ver se você vota", dizia ele. X não gostava de status como miss universo, pois dizia que tinha que se chamar miss Terra, já que não tinha participantes de outros planetas, como, por exemplo, Capela, Nibiru, B612. Outra vez ele contou que em uma viagem de avião se espantou com os informes que o comandante repassava durante o voo: "A temperatura interna é de 13 graus e externa 30 abaixo de zero". O X retrucava: "Será que tem alguém querendo ir lá fora tomar um ar? Pra que este tipo de aviso?". Ele já estava chateado, pois, no início do voo, avisaram que o avião já havia alcançado 10 mil metros de altitude. Ele pensou: "Será que tem alguém com intenção de pular? Que eu saiba isso aqui não é um treinamento de paraquedismo!".

Isso o X contava muito para as pessoas. Porém, suas filosofias, que fizeram com que eu escrevesse sobre ele, não são cômicas, e sim frases sábias. Por exemplo, quando for sangrar uma árvore, o seringueiro não deve ultrapassar um limite em profundidade de casca que atinja a madeira ou lenho da árvore. A profundidade ideal é uma camada de casca que se encontra entre meio milímetro e um milímetro e meio da madeira, chamada de câmbio, que possibilita a regeneração dessa casca. Sangrar no câmbio exige muita prática, muita habilidade, visão e todos comentam sobre o câmbio, pois sangrar muito distante dele, muito raso, produz pouco látex e todos eram avaliados, pois recebiam prêmios por produção e qualidade. Ultrapassar o câmbio é ferir a árvore, que dificulta sua regeneração, fungos e doenças entram, o seringueiro é muito penalizado. O câmbio é uma referência de perfeição em profundidade, o limite a ser alcançado e respeitado. É um equilíbrio. Certa vez eu perguntei ao X o que era o câmbio para ele, ao que respondeu prontamente: "O câmbio é como uma rosa na beira do abismo; com muito esforço você alcança, mas com um descuido você cai". Isso eu fiz questão de escrever em um lembrete e coloquei em minha carteira.

Existe um clone ou variedade de seringueira chamado PB 235 que lá no Mato Grosso é bom de produção, porém muito propício a doenças e pragas nas folhas. Perguntamos ao X sobre as PBs 235 da área em que ele trabalhava. Ele respondeu que para ele era semelhante a um moleque muito bom de bola, só que não aguenta um resfriado, qualquer gripe ele já fica de cama.

Algum tempo depois, muitos seringueiros comentavam suas afinidades com a faca de sangria e cada um deu um parecer. Uns colocavam nome na faca. Outros faziam capas para suas facas. Outros falavam que ela era seu ganha-pão. Então perguntei para o X o que ela significava. Ele respondeu: "É como se fosse a continuação do meu braço, mas de forma artificial; eu sinto com ela, como se fosse parte de mim; eu não sou nada sem ela, ela não é nada sem mim". Ele falava também que não gostava de deixar a faca jogada, e sempre a limpava. É como uma mulher, tem gente que não dá a importância que deveria, sabendo que ela merece isso e muito mais.

Pelanca, o seringueiro mulambo

Pelanca era o apelido de um seringueiro que veio de Poxoréo, Mato Grosso. São chamados de mulambos todos aqueles que não acompanham os outros no trabalho, são ruins de horário, de compromisso, não são de fazer hora-extra. Seja em seringal, construção, fazenda, sempre tem essa gíria. Por exemplo, tenho oito funcionários, mas dois são mulambos. Quer dizer, os dois não são de contar com eles. E assim era Pelanca. Tinha problema com faltas, falava que ia fazer certas atividades e não fazia, ia pros cabarés depois do pagamento e gastava todo o salário. Vivia se desviando das pessoas para quem devia. A mulher do perfume, o cartão telefônico, mercadinho, cantina, bar. Em todo lugar, ele devia. Certa vez Pelanca gastou todo o salário e não pagou a cantineira. A equipe dele se uniu para não dar nada para ele comer. Então ele voltou da farra já na terça-feira. No embalo da bebida, ele foi trabalhar sem comer. Apertou a fome, ele correu em vários seringueiros, cada um com uma desculpa, ninguém deu nada para ele. Uma disse que tinha levado só bolacha e café, e já tinha comido. Outro disse que ia trabalhar direto sem almoço e ia sair uma e meia da tarde. Então Pelanca foi para a vila se desviando dos credores, onde também ninguém deu nada para ele. Neste dia ele ainda conseguiu fazer seu objetivo na empresa. Porém, no outro dia, ele levou apenas uma garrafa descartável de água e conseguiu trabalhar só até as nove e meia. Foi embora sem autorização do chefe e dormiu até a tarde. O que conseguiu foi tereré, que dá mais fome ainda. Correu em uma cantineira para quem ele devia há três meses. Ela o xingou e o mandou sumir de lá. Ele percorreu as casas desocupadas, porém não tinha mandioca, nem manga, nem nada. No terceiro dia, Pelanca só conseguiu trabalhar até as oito. Então o irmão CDC — que era o apelido de um piauiense que deu seu cartão para o chefe sacar o pagamento e o chefe fez um CDC em sua conta, rendendo-lhe esse apelido — chamou o Pelanca e disse: "Você me deve 21 marmitas. Eu vou te arrumar uma marmita por dia. Se você não me pagar todas no dia do pagamento, eu vou tomar a sua bicicleta e até a sua faca de sangria". Pelanca mal podia esperar a hora do almoço, e ficou deitado até as onze horas na casinha da equipe. No final do mês, Pelanca sacou o dinheiro, foi virar para o lado da boate e encontrou o irmão CDC com a mão estirada. Pagou o irmão e gastou o resto na boate. E continuou devendo a muitas pessoas da vila. Não sei como ele se virou, só sei que o irmão não forneceu marmita fiado para ele naquele mês.

O seringueiro louco

Muitos fatores do sistema e da saúde fizeram com que um seringueiro com quatorze anos de experiência se tornasse um descontrolado. Ele já não tinha noção de horário, dia da semana ou coisa assim, tornando-se um obcecado por seu trabalho e um ser que nem queria pertencer à sociedade. Num tratamento contra úlcera, ele teria que passar por uma dieta e afastar-se do trabalho por sessenta dias, evitando sal, óleo etc. Porém, o seringueiro louco trabalhava normalmente, nunca pegava ônibus ou usava blusa de frio, só pediu para o chefe dar uma área isolada para ele trabalhar longe dos outros para não falar com ninguém. Ele pegava de madrugada, pedalava cinquenta minutos de bicicleta, passando por brejos, cerrados e córregos, encontrando lobos-guará, antas, capivaras, raposas, cobras e outros. Pedir para ele fazer só o objetivo e cumprir só o horário era perda de tempo. Ele chegou a sangrar três mil árvores em um só dia, calculando que em dez horas trabalhadas recolhia até 1.500 quilos de borracha por dia no auge da úlcera. Teve dia de um tratorista o ver trabalhando à uma e meia da madrugada. O operador desceu do trator, correu e olhou de longe, reconhecendo o cigarro do seringueiro louco. Seus tambores estufavam de borracha, sua qualidade era excelente. O seringueiro louco me contou que certa vez dormiu assistindo novela, acordou, arrumou a marmita e saiu, vendo as luzes das casas que não tinham sequer apagado para deitar, ele achava que estava atrasado, pois nos outros dias nunca via uma luz acesa. Então ele viajou, sentou num tambor e, como o dia demorou a clarear, o seringueiro louco começou talvez antes de meia-noite. Às cinco e meia, o ônibus chegou e muitos viram cerca de 1.500 plantas sangradas, e outro tanto de borracha recolhida que ele fez no claro da lua e no foco da lanterna.

O fim da carreira do seringueiro louco foi quando tentaram colocá-lo para trabalhar na sangria experimental, devido à sua boa qualidade. Trabalhar em pesquisa de clone, para isso deveria sangrar a seringueira no prazo indicado. Acostumado a trabalhar horas a fio, ele não se contentava em fazer só o programado, e saía procurando adiantar tarefa, querendo trabalhar dobrado. Por ter um problema psicológico, ele foi motivado a entrar na justiça, alegando justa causa, orientado por um advogado que dizia que ele não tinha condições de trabalhar. Ele, porém, nunca deveria ter abandonado o emprego, e sim ter procurado um órgão competente que o encaminhasse para o INSS, o tratasse e o colocasse em um trabalho leve, ou aposentasse, se fosse o caso. Porém, o advogado nem sei se conseguiu receber sequer o FGTS ou algum benefício. Sei que umas dez pessoas fizeram semelhante, saíram da empresa e colocaram na justiça. Outros colocaram sem sair e continuaram trabalhando. Outros levaram peritos do Ministério do Trabalho. No fim, alguns mercenários motivados pelos advogados recebiam cerca de cem reais para indicar alguém a procurar o advogado. Com isso foram mais de duzentas pessoas que se iludiram e a grande maioria só recebeu o benefício e continuaram fazendo perícia e se submetendo a audiências. Dizem até que tantos processos ajudaram a empresa a fechar as portas, porém isso é só conversa. Três capítulos de justificativas não seriam o suficiente para concluir o fechamento da empresa, pois continua sendo um segredo, uma coisa muito confidencial. Sabendo nós sobreviventes que loucos e desesperados estão não só nos seringais que continuam na ativa, e sim em todos os lugares de todo o mundo onde existe ou se implantam sistemas sufocantes, normas, mudanças bruscas etc.

Bacana, uma lenda viva

Bacana foi um seringueiro que atuou na empresa mais ou menos entre os anos de 1999 e 2005, sendo considerado um fenômeno. Tudo o que ele fazia era de se admirar. Na sangria, o Bacana sangrava dois lotes de 1.350 pés de seringueira das seis da manhã às duas e vinte da tarde. No recolhimento de borracha, ele recolhia até dois mil quilos por dia, percorrendo até seis mil pés de árvores por dia. Essa personalidade chegou a ter 180 horas no banco de horas. Nas extras ele nunca perdeu, nem durante a semana, muito menos aos domingos e feriados. Mantinha uma ótima qualidade de sangria, controlava todos os pontos de exigências das normas da empresa, como: profundidade, consumo de casca, declividade do corte etc.

Porém, Bacana bebia muito e tinha uma vida diferente. Ele me disse que seu segredo era a coragem, determinação, achar que dava e era possível. Como toda empresa grande e bem fiscalizada, essa seguia regras, como fazer apenas duas horas-extras ou de compensação por dia. Às vezes o chefe tinha que barrar o Bacana, que faria atividades que ultrapassariam dez ou doze horas. Se tivesse que registrar, daria um absurdo de horas. Ele, porém, revoltava-se e pedia para mudá-lo para outra equipe onde ele pudesse trabalhar, e não brincar. Seus costumes eram uma coisa diferente. Bacana comia muito caldo de osso, mocotó, buchada, peixe e caça. Todos os dias, ainda de madrugada, Bacana esquentava o caldo e comia pirão, roía o osso, fazia uma marmita dupla, enchia uma garrafa de cinco litros de água e partia ainda escuro. Bacana também ajudava a matar gado. Depois das três da tarde, ele já partia com roupa de trabalho. Ali ele trazia muito osso, mocotó, buchada e, quando tinha porco, era dos miúdos acima. Nosso amigo era excelente cozinheiro, fazia peixe, molho, carne, pão, preparava caça e ainda era churrasqueiro. Bacana tinha uma linguagem ímpar, muito dele. Sempre usava palavras como desconfigurar, descaracterizar, convicção, desproporcional, repudiar etc. Nosso amigo lia diariamente a Bíblia e gostava de dar exemplos usando o vocabulário bíblico e frases criadas por ele mesmo. Suas filosofias populares eram de certa forma desastrosas, estranhas e confusas, como algumas que vou deixar de exemplo.

Ele falava que tal mulher se requebrava mais que lagartixa com câimbra, que tal situação era como *borrar* (defecar) em um liquidificador e ligá-lo sem tampa embaixo de um ventilador de teto. Falava que tal pessoa era uma árvore que não dava frutos e tal teria que ser lançada ao fogo. Que o pior cego é o que não enxerga nada. Que quanto maior a fome, maior é a conta no restaurante por quilo. Que prima existe para ninguém pegar suas irmãs. Essas são algumas do Bacana. Ele teve alguns problemas conjugais com sua esposa, que era professora e foi para a cidade dar aulas e vinha a cada quinze dias ou ele ia. Isso fez Bacana ficar só com seu cachorro. Com o passar do tempo, a bebida foi lhe trazendo problemas, até chegar ao ponto de ele pedir para ser mandado embora. Como a empresa não fazia acordo, o Bacana procurou médico, a Justiça, INSS etc. E saiu já bem destruído. O que ganhou gastou com sua saúde e com bebida, deixando tudo e partindo para a cidade, onde jamais foi visto por ninguém. Por ter trabalhado com Bacana, eu acompanhei, disputei no serviço com ele, aprendi a ser mais bruto e determinado, fui até sua casa, comi mocotó, toquei violão e fui uma testemunha de suas façanhas reais que fizeram dele uma lenda que hoje poucos lembram, porém vivifico aqui, como homenagem a uma referência na matéria de seringueira, determinação, coragem e técnica.

Só me falta a liguinha (ou: expresso lagartixa)

Conheci um piauiense chamado de Lagartixa por ter a cabeça pequena, mas seu saber era de Salomão, o grande. Lagartixa trabalhou cerca de quatro anos na seringa. Durante esse período, ele não saiu das vilas nem foi ao Piauí. Algumas testemunhas atestam que Lagartixa conseguiu juntar cerca de vinte e oito mil reais. Mas como isso se Lagartixa só ganhava setecentos e cinquenta reais por mês? Era só nos três meses mais produtivos que tinha extra e prêmio de recuperação. Esse prêmio vinha por adiantar os lotes de sangria, recolher borracha ou sangrar lote em grupo que o chefe marcava hora para os envolvidos. Com tudo isso, alguns chegaram a receber novecentos e cinquenta reais por mês no máximo na época.

O segredo é que Lagartixa fazia conta de tudo. Ele marcava suas pequenas despesas de alimento, ele mesmo cozinhava, lavava e economizava na energia do seu alojamento. Ele era um exemplo de limpeza e organização. Suas férias e décimos, ele contabilizava tudo, ficando como um ano de aproximadamente quinze pagamentos. Exemplo: doze meses, as férias, que valem por dois, e o décimo terceiro, que vale por um e meio, pois com muita hora e feriado, prêmio bom, Lagartixa tinha uma base anual bem acima dos que não faziam horas-extras nem recuperavam, nem tinham prêmio de qualidade completo. Disseram que Lagartixa nunca tinha tido conta em banco antes de entrar na seringa e toda sua pequena fortuna foi adquirida ali, e chegou a trinta e três mil reais depois do acerto. Esses dados foram passados pelos irmãos dele, que tinham vários extratos que Lagartixa deixou em uma caixa de sapato. Então Lagartixa passou tal grana para a conta de sua mãe no Piauí, desmanchou a sua conta para não ficar nada para trás e trabalhou ainda alguns dias meio clandestino por ali até fazer o acerto. Ele ainda ganhou o dinheiro da passagem e arrumou a mala. E disse: "Deixei o couro, mas levo o ouro". E assim partiu meu ex-aluno, que muito me deu orgulho, saiu dizendo que compraria uma van e montaria o Expresso Lagartixa, fazendo linha Piauí adentro, faltando a ele só a liguinha, pois o dinheiro ele já tinha.

Véi Dito, um motorista ao seu tempo

Conheci Véi Dito no terceiro ano em que eu estava no seringal. Vieram uns três ou quatro casais de outra vila do seringal, mas Véi Dito foi exceção, pois sua esposa não trabalhava na empresa. Por eu ser solteiro, todo trabalho de dupla eu pegava com Véi Dito, pois ele era divertido, muito brincalhão e bom no trampo.

Certa vez nós estávamos de dupla recolhendo borracha com uma carroça de três rodas. Era uma engenharia de carroça, a roda da frente girava 180 graus e as duas de trás suportavam a maioria do peso. O peso não ia nas costas do burro, que só puxava. Tinha freio de mão, vasculhava na manivela e levava 725 quilos de borracha, fora a gente e nossas tralhas.

Nesse dia pegamos a Girafa, mula brava vindo de uma tropa lá de Sertãozinho, perto de Ribeirão Preto, São Paulo. O cabo de aço do freio ficava esticado perto do chão, a poucos centímetros, sujava de lama e ressecava. Os baieiros sempre faziam a manutenção e trocavam os que estavam para se romper. Nesse dia o cabo quebrou e a mula disparou a caminho da rampa de descarregamento. A mula endureceu o pescoço e eu estava guiando. Puxava, mas de nada valia. O corredor era estreito e cheio de curvas de nível. Por várias vezes, a carroça passou com uma das rodas suspensa no ar. Era domingo e os burros parece que guardavam esse dia. Nós falávamos que era a religiosidade "muaia" (os burros são chamados muares). Até os primeiros 300 a 400 metros, tudo bem, só que a descida aumentou e a mula corria mais. Em uma galha baixa, eu pendurei e gritei: "Salva sua vida, Véi Dito!". Ele, que era quase 30 anos mais velho do que eu, pulou para cima e rolou no chão. Quando eu vi ele estava batendo a poeira. A turma da equipe vizinha cercou a mula e nós corremos para lá. Eram uns 250 metros. A carroça não tombou nem derramou borracha, que nesse caso a borracha é no formato de um queijo, pois as canecas eram de 1.200 ou 1.600ml.

Baixando a poeira eu disse: "Véi Dito, o senhor é ninja? Que salto foi aquele?".

Ele disse: "Eu fui soldado em 1972, servi em Cuiabá. Aprendemos guerrilha, saltar de caminhão, jipe, helicóptero... tudo tem que ser para cima, para amortecer a queda, e rolar no chão para distribuir o impacto".

Ele disse meio triste: "Eu fui motorista militar na construção da rodovia Cuiabá-Santarém. Depois de dar baixa, eu peguei muita estrada com caminhão e fui operador de máquinas". E contou que, na floresta fechada no Pará, ele e seus colegas foram fechados por indígenas e uma mulher branca saiu do meio deles e conversou com os militares. Ele achava que era uma professora ou missionária, mas continuaram o trabalho. Por muitas vezes, foram atacados por abelhas bravas que invadiam os maquinários. Dito contou que depois do exército ele acostumou com caminhão.

Então eu perguntei: "E como veio parar aqui?". Ele disse que um parente tinha convidado e por ter um cargo de confiança prometeu uma vaga com caminhão ou máquina, que era o que muito tinha nessa grande empresa. E o parente o indicou e disse: "Entra de braçal, que eu ajeito depois". O Dito trabalhou recolhendo, depois foi para a escola de sangria, aprendeu a ser seringueiro. Um certo tempo depois, em um almoço, o Dito cobrou o parente. O gaiato respondeu: "Ué, você não tá dirigindo carroça?", deu uma humilhante risada e ficou jogando beijo, como se fosse o carroceiro, e todos riram. O engraçado ainda bateu a mão na barriga e tomou mais um gole, soltando um tremendo arroto. Dito só ficou calado. Já fazia 12 anos que ele trabalhava na sangria. Pouco tempo depois, eu concluí o 2º grau, fiz a habilitação e computação. Sempre fazia entrevista para outros cargos, só que não era chamado. Um belo dia, passei em uma prova com 53 concorrentes para escolher seis e pegar dois de imediato e quatro depois, as vagas seguintes. Era para monitor, o professor do seringueiro, que me tornei aos 25 anos, sendo cinco "de faca" de sangria. E o velho sentiu muito, ele tinha me mostrado o quadro dele, fardado, no caminhão militar. Mas a vida continuou, e Dito foi sentindo o peso dos anos, problemas de varizes, até que se afastou e depois foi dispensado. Eu segui por cinco anos na escola de sangria e fui transferido para São Paulo, depois de prestar serviço no interior de São Paulo por dois anos. Já nesse estado tive uma notícia boa: Dito estava com uma van ou um micro-ônibus carregando alunos para a escola da vila. Então o vi pela última vez, já talvez aposentado, pois sempre trabalhou registrado. Ralou, mas foi um motorista até o fim e a seu tempo. O tempo é coisa de Deus, ele provê. Eu já não tinha mais nada em Mato Grosso, saí da empresa, vendi minhas casas e tocava minha vida, faculdade e família em São Paulo, porém sempre pensando em voltar lá a passeio e vamos ver depois de formado, pois agora o tempo e o dinheiro não entram em acordo.

Os Ordinários do Ritmo

Essa foi nossa banda, formada por três distintos músicos: eu, Capitão, comecei no violão no Mato Grosso do Sul, onde aprendi o ritmo regional. Depois conheci as percussões da capoeira, como pandeiro, berimbau, ganzá, agogô, tumbadora e outros instrumentos de pagode. Biu, ou Biu Timba, tocava forró nos sítios acompanhando um sanfoneiro por apelido de Kéle, um baiano velho que tocava por prazer. O Biu tocava triângulo, zabumba, pandeiro, isso por ser filho de nordestino, que tinha muita influência. Zé Ney, além de violão base, era o vocalista. Ele é um ribeirinho do Pantanal que viveu entre os folcloristas e seu pai tocava viola de cocho. Zé Ney morou em Cuiabá, tocava lambadão e todos os ritmos regionais, além de cantar profissionalmente. Nós três tocamos juntos sempre nas casas das pessoas. Isso com dois violões e uma timba, até sermos muito procurados e levar o trabalho até casas noturnas, boates, lanchonetes, bares e às ruas. Comprei um contrabaixo, Biu incrementou um suporte na timba fazendo uma bateria com uma meia-lua e outras percussões. Zé Ney ganhou um violão para o grupo, de uma empresária simpatizante. Muitos outros músicos participaram várias vezes como convidados, como um acordeonista pantaneiro que tocava chamamé, polca, xote e outros ritmos regionais. Teve também um taxista cearense que tocava pandeiro e sempre ajudava, além de um guitarrista que sempre aparecia, só que ele era profissional e só ia quando lucrava ou o lugar era badalado. Nós três sempre tocamos sem vaidade e só cobramos nos lugares em que os donos ganhavam dinheiro por ter som ao vivo.

O que tocávamos? Do sertanejo antigo ao moderno, que era até Rio Negro e Solimões, Rick e Rener, Victor e Leo (no início de sua carreira). Além de músicas dançantes como xote, reggae, lambadão, rancheira, forró etc. Eu, como segundo vocalista, tinha um repertório de nove xotes, que

tocava mais no intervalo do vocalista principal. Tocamos, dançamos, sorrimos e tudo ficou para trás quando Biu saiu da empresa, Zé Ney se associou a um segunda voz e continuou tocando e eu me converti ao evangelho, que nunca deixei, neguei ou pretendo sair. Hoje Biu é um pagodeiro em Chapadão do Sul, Mato Grosso do Sul. Zé Ney toca em Sonora, MS, na noite, com um grupo. Eu nunca deixei o velho violão e às vezes toco na igreja. Alguns perguntam: e os Ordinários do Ritmo? Cadê? Por que tinha esse nome? Eu digo: "Veio de um ensaio onde um guri disse que tinha ordem e ritmo, mas aquele som era de rebelde por ser rock e era um som ordinário. Eu mesmo disse que éramos ordinários, porém tinha harmonia e ritmo. E ficou assim, Os Ordinários do Ritmo, que ainda se comunicam e têm suas amizades preservadas".

Rocha Fragmentada

Pedrão era um exemplo de amigo, funcionário e seringueiro. Chegava sempre cedo, acabava sempre primeiro, era amigo. Ele nunca rachou para nada, era bom nas horas-extras, nos mutirões para sangrar os lotes de quem estava de férias ou faltou. Suas coisas eram todas bem organizadas: bicicleta, óculos, faca. Dizem que Pedrão era referência na vila onde trabalhava antes de compor nossa equipe. Conhecido por Pedro Ligeiro, ele veio com Véi Dito e outros que financiaram casa no distrito. E por vários anos manteve o ritmo e qualidade boa na sangria, sempre alegre e amigo.

Porém, fui transferido para a escola de sangria, um grupo de formação de seringueiros. Nesse tempo havia problemas de clima (altas temperaturas) e nematoides infestando os solos. Alguns clones (ou variedades) tinham ótimos resultados na África, onde o clima, solo e tratos culturais seriam semelhantes, mas muitas variedades de seringueiras não se adaptaram na plantação do Mato Grosso. Dizem que 700 hectares foram plantados e não serviram nem para treinamento.

Acumulando problemas, a empresa cortava as gordurinhas. A escola, que era particular, virou estadual e depois mudou para o distrito de Ouro Branco do Sul, que era quase cidade e tinha uma população significativa. Nesse corre-corre para se manter, o sistema era cada dia mais pesado e os objetivos modificados para reduzir mão de obra. Aumentaram os objetivos, mudaram o sistema de exploração, terceirizaram o recolhimento de borracha em parte. Tudo isso apertava o seringueiro e alguns não enfrentariam o desafio, que era *kamikaze* (como missão suicida).

Pedrão tentou realizar a fundo as metas exageradas que nunca pararam de tentar modificar, porém nunca melhorava para o principal, o seringueiro. Eu, como instrutor, corria atrás de fazer com que os seringueiros em formação conseguissem eficiência no campo, porém havia revolta por parte de muitos que resistiam por serem antigos e terem trabalhado quando tudo parecia um paraíso. O tempo passou e Pedrão foi perdendo o vigor. Começou a reduzir a correria e um dia eu o encontrei e ele me falou que não ia longe e que tinha rachado. Ele dizia: "Ê, Capitão, Pedrão não é mais aquele, não".

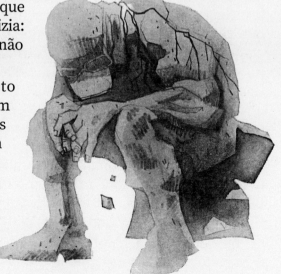

Eu tinha visto outros que correram menos, eram mais jovens e não eram de ascendência nordestina desistirem e mudarem de ramo. Outros montaram comércio e até se acomodaram. Porém, Pedrão era uma rocha que foi fragmentada, esmiuçada pelo sistema. A forma, o modelo de gestão pesado, que tinha investimento, porém sabiam quando seria o fim do império, por isso queriam aproveitar o máximo do potencial das plantas e a eficiência dos homens que administravam e exploravam aquela grande plantação no meio do cerrado brasileiro. Pedrão foi mais um gigante que tombou entre outros Pedros, Beneditos, Rubens, Expeditos etc.

Mortes e Mitos

Desde que cheguei ao seringal, em 1999, ouço falar de mortes, lendas e mitos. Sobre morte, a maioria delas foi trágica, ninguém ou quase ninguém por morte natural ou idade. Pois no seringal sempre foi raro encontrar um idoso. Ali só iam pessoas para trabalhar e quem tem seu pai, mãe ou sogro de idade avançada não o levaria para tão longe da cidade, de médicos e outros recursos. Devido à rigidez na contratação, teste físico e de aptidão psicológica, não se contratavam pessoas que tivessem problemas que pudessem aparecer ao longo do tempo. Em um trabalho corrido que exige coordenação motora, nunca se achava alguém com mais de cinquenta anos recém-contratado, mas sim funcionários antigos nessa idade, e estes eram poucos. Por isso as mortes são coisas para livro mesmo. A primeira delas que eu tive conhecimento foi entre o fim de 1998 e o começo de 1999, quando um homem de moto se chocou contra um ônibus. A questão é que só passavam ônibus ali duas ou três vezes ao dia. O ônibus iluminado, o barulho, tudo intriga. Como alguém entra no meio de um ônibus? Bem na metade? Não teria realmente visto? Foi suicídio? Uns dizem que apareciam luzes na tal estrada.

E depois um acidente com uma carroça. O burro teria disparado com um certo mineiro sem experiência com animais. O homem teria se jogado e batido a cabeça no chão.

Uns dizem que o lugar era mal-assombrado. Histórias de assassinatos eu nem somo, são tantas. Brigas de bar, de morrerem dois em uma noite. Mulher e seu amante matam o marido da adúltera. O finado foi batizado de homem-bainha, pois morreu de facada. Também trágica foi a morte do *Bigode,* homem de força e coragem que ia com sua bicicleta quando um homem sem habilitação, com uma moto emprestada, bateu nele, que quebrou a perna. De solidão, abandono, tédio e até alguma inflamação, *Bigode* morreu meses depois, já na cidade de origem, tentando se tratar. Mas foi em vão.

Outro exemplo: com a hoje extinta carroça de três rodas, um jovem de 25 anos, que gostava de tocar pandeiro e jogar futebol, puxava a carroça a pé, quando foi imprensado entre a carroça e a árvore. Era uma curva de nível e o burro desceu depressa. O rapaz não olhou para trás, morrendo nas mãos dos colegas e dos enfermeiros acionados para socorrê-lo.

Por doença, porém ainda novo, foi-se o lendário *Homem-Lote*. Para quem não sabe, um lote é a quantidade de árvores a serem sangradas em um dia pelo seringueiro. Dizem que ele morreu de cirrose ou de algum problema no pulmão. Só sabemos que ele era muito caprichoso nos seus lotes, e não gostava que novatos sangrassem suas árvores. O *Homem-Lote* tinha muita qualidade na sangria de seringueiras. Dizem que após sua morte ouviam-se assovios e que caíam muitas canecas (tigelas) das árvores, pois ele só assombrava quando alguém de pouca qualidade trabalhava nos seus lotes, ou nos lotes que foram dele, e feriam suas árvores. Uma mulher diz ter ouvido ele a mandar parar de ferir a árvore. A tal mulher desmaiou de medo, depois de ter borrado na roupa, afirmam diversas testemunhas. Sei que ela saiu da empresa de vergonha por ter sido apelidada de *Mulher-Mancha*.

Outro fato cabuloso ocorreu na passagem de 2008 para 2009, quando um seringueiro conhecido como *Homem-Qualidade*, que esteve por vários anos entre os melhores seringueiros da fazenda, morreu ao frear bruscamente sua moto Biz, com medo de bater em um caminhão que vinha ainda distante. Ele foi jogado por cima da moto, caiu metros à frente e a moto veio para cima dele, atingindo ainda mais a cabeça, que já tinha batido no chão, jogando longe o capacete. Ele morreu ao ser socorrido. O intrigante é que esse acidente ocorreu justamente no mesmo lugar onde *Bigode* havia sido atropelado alguns anos antes. O local ficou suspeito, pois várias pessoas diziam se encandear com uma luz em seu rosto, e isso ocorria de dia.

O estranho em todas as mortes que aqui cito são os mistérios, lendas, boatos que fazem com que muitos parem para pensar e alguns se encabulem com os comentários, com a situação. Um certo J. Bispo era violento com sua esposa, sua companheira, que era mais velha do que ele. Ela por várias vezes dizia que ele ainda ia precisar dela. Certa vez eles iam de bicicleta em um dia chuvoso, quando ele foi atingido por um raio próximo à BR-163. Ele ainda pediu perdão e, antes de ser socorrido, falou a ela que ia morrer. E morreu sem se desesperar, como se já soubesse. A mulher ficou conhecida como a viúva do *Para-Raio*.

O mais esquisito é que encruzilhadas e estradas, como a famosa estrada boiadeira e outros locais, são tidos como mal-assombrados e misteriosos. Coisas como achar cobra viva dentro de botinas, que foi o caso do paraguaio L. A. Paiva e do baiano A. Hungria, ocorreram com muitas pessoas.

O mais macabro de todos os casos é o da baixada de um córrego, chamado de *A Paraguaia*. Dizem que foi o bar de uma paraguaia há uns trinta anos. Ela tinha umas garotas e os caminhoneiros paravam para beber, banhar-se no córrego e fazer orgias. Dizem que houve muitas brigas e mortes nesse local. Já entre os anos de 1999 e 2009, e início de 2010, ocorreram inúmeros acidentes em um raio de dois quilômetros entre a ponte e um trevo então recém-construído. Acidentes com ônibus, carretas tombadas, carros, motos, bicicletas. Houve também assassinatos misteriosos que ninguém sabe se foram crimes encomendados ou latrocínios. Só sabemos que tudo isso ocorreu nesse local. Tudo isso foi o que chegou ao meu conhecimento, porém sabemos que a polícia local tem em seus arquivos coisas ainda mais antigas, do início da plantação de seringa, com as versões mais legítimas. Segundo os fiéis de uma denominação neopentecostal da vila próxima, certo espírito se manifestou por várias vezes dizendo que habita a baixada e que ele é o causador desses acidentes. Há tantos casos, como o de um rapaz que teria discutido com uma prostituta de uma boate ali perto e teria se suicidado, entrando debaixo de um caminhão, no local onde hoje é o trevo. Justo onde ocorreu uma morte estranha, que ninguém sabe se foi latrocínio ou assassinato, a poucos metros de onde uma caminhonete atropelou um garoto de 10 anos que estava no acostamento.

    Outro fato que me fez escrever estes capítulos muito reais foi aquele que um pastor relatou em sua igreja. Eu estava presente. Disse ele que vinha em sua moto quando um ciclista passou rindo, falando que um carreteiro havia *se ferrado*. Esse carreteiro trazia um trator de esteira na carreta, perdeu a direção dela e acabou subindo em um monte de escombros. A parte de cima da cabine teria sido arrancada como se tivesse sido cortada com uma tesoura. Os escombros eram resto de asfalto da construção do trevo e não havia sinalização nem iluminação no local. Nada suspeito, não fosse o fato de o motorista ter confessado ao pastor que o socorreu que perdera a direção quando desviou de um ciclista que se jogou em sua frente. Esse motorista, ao ser socorrido pelo pastor, que era também funcionário administrativo do seringal, confessou que era um crente desviado e que sentia vontade de retornar aos caminhos de Jesus. O pastor falou de Deus e de quanto ele ama seus servos, e confortou o homem, que prometeu voltar para dar seu testemunho em sua igreja.

O caso mais triste foi de uma carreta que tombou onde hoje é o trevo e o motorista ficou preso entre as ferragens. Enquanto pedia socorro, muitos saqueavam a carga de óleo de soja, macarrão e outros produtos. O motorista acabou falecendo, fato que chocou um gerente da empresa, que chegou a escrever uma nota contando uma história parecida. Um homem teria morrido em um acidente de carro e lhe roubaram até a correntinha do pescoço, um presente de família. Esse homem era o pai do gerente, que teria vasculhado todo o local procurando essa correntinha, sem sucesso. O gerente resolveu escrever essa nota por ter se chateado ao perceber que donos de mercado e outros funcionários da empresa, a maioria em boa situação financeira, brigavam pelos produtos, enquanto o homem agonizava.

A polícia regional deve ter uma pilha de arquivos que comprovam a veracidade desses acidentes. Em julho de 2010, um jovem entrou com uma motocicleta na traseira de um ônibus e este passou sobre sua cabeça, caso semelhante a um que aconteceu em uma das vilas do seringal em 2001, quando um garoto de cerca de 8 anos se pendurou em um ônibus escolar e o motorista não viu. A criança escapou e rolou para baixo da roda. Contam também que duas crianças morreram afogadas na represa. Eram dois irmãos, justamente no Dia dos Pais.

A Praça da Morte

Havia uma bela praça no centro do distrito, que ficava fora do seringal e que há muitos anos já tinha um projeto de emancipação, pois ali habitavam muitos funcionários do seringal e de uma algodoeira, porém, nunca se emancipou, mesmo a sede do município estando localizada a mais de cem quilômetros. A praça tinha pista de skate, palco, muitos bancos e uma lanchonete no centro. Em uma briga em uma boate, dizem que por causa de drogas, um seringueiro vindo do Piauí foi esfaqueado. Correu para a praça, que estava em construção, se escondeu e morreu em um banheiro ainda inacabado. Ainda na construção dessa praça, devido ao calor de mais de 45 graus, um senhor que trabalhava nas obras passou mal por ter problemas de pressão e morreu, ficando assim a praça batizada por Praça da Morte. Dizem que ele teria onze diárias para receber do empreiteiro e com medo de ficar sem receber morreu falando para a enfermeira: "Eu tenho onze diárias! Eu tenho onze diárias!".

A mãe do Garimpeiro

O Garimpeiro era um funcionário que veio de Poxoréo e só falava em garimpo. Tinha trabalhado em vários tipos de garimpo, como a draga em balsa, com a supra, *escafânia* (ou escafandro), matame, chupeta (na qual o oxigênio vem de um pequeno aparelho que vai na boca do garimpeiro) e também com a mariquinha (um estilo muito primitivo de garimpo manual, com três peneiras penduradas em um tripé de madeira rústico, no qual os garimpeiros costumam trabalhar sozinhos em córregos ou rios). O Garimpeiro era daquelas pessoas que conversam muito, muito falador. Em uma hora de almoço, contando suas histórias, sempre batendo muito papo, contando vantagem, naquela área de seringal afastada onde ia apenas o grupo de seringueiros que estavam aprendendo em uma das etapas de formação, ele viu um dos carros da segurança patrimonial da empresa que costumava fazer ronda nas vilas e alojamentos, e disse: "O que aqueles caras estão fazendo aqui? A mãe de quem morreu? Só se a mãe de alguém morreu para eles virem aqui. Ou estão procurando algum plantio de maconha?". Então os seguranças pararam, chamaram-me por eu estar umas quatro árvores à frente do Garimpeiro e perguntaram se tinha um funcionário com aquele nome. Eu disse que era ele, o Garimpeiro. Eles disseram para ele descer para o alojamento e retornar uma ligação para sua família. Chegando lá, descobriu que sua mãe tinha morrido.

***

Alguns funcionários se afastavam pelo INSS. Numa certa vez, eu não estava com uma equipe de alunos (seringueiros em formação), e sim com uma equipe de pessoas afastadas, que não podiam exercer função pesada e ficavam fazendo limpeza de equipamento (bicas, arames, canecas). Essa equipe era apelidada de Tabajara. Tinha até o Pai dos Tabajaras. Entravam e saíam muitos funcionários. Sempre que o médico liberava para retornar ao trabalho, a empresa podia então demitir os funcionários. Por várias vezes, eu viajava para fora do estado e quando retornava não tinha equipe para formar. Então eu ia cuidar dos Tabajaras. Um certo rapaz, muito fanático por moto, passava o dia inteiro falando de moto e futebol e o que ele iria fazer quando fosse demitido, que seria ir para Coxim pescar até acabar o seguro-desemprego. A família dele era muito grande lá no seringal, tinha tios, primos, talvez mais do que vinte pessoas. Alguns tios já tinham filhas e filhos casados. O motoqueiro foi em um final de semana para a cidade e eu já tinha recebido a autorização para mandá-lo para ser demitido na terça-feira. Na segunda-feira ele não apareceu. Recebemos a notícia de que ele tinha falecido em um acidente de moto, ele e o garupa. A notícia foi uma grande confusão, pois o garupa, que também era parente, estava com a documentação de outro funcionário, que estava levando a empresa na justiça e se afastando também. Como a notícia foi vista pela internet e o piloto estava habilitado, foi reconhecido. Mas o garupa teve o rosto transfigurado, impossível de compará-lo ao da documentação. A notícia que se espalhou foi que quem tinha morrido seria a pessoa dos documentos, que também tinha uma família muito grande na empresa e repercutiu com muito choque, apesar de os chefes avisarem que estava para se confirmar a segunda morte, se era aquele ou não. Espalhou-se então grande espanto dos irmãos desse funcionário, que, na realidade, estava de atestado e muito tranquilo na beira do rio. Depois de tudo esclarecido, ficou só dor e tristeza de tantos familiares e tantas pessoas que os conheciam e fizeram camisetas com as fotos dos dois. A empresa forneceu dois ônibus para levar as pessoas ao velório na cidade em que eles foram enterrados.

Antes de todas essas experiências, eu já me intrigava muito com como a morte parece que às vezes avisa certas pessoas de que sua hora está chegando. Lembro-me de um padre para quem meu pai trabalhava que construiu várias capelas, reformou várias igrejas. Certa vez o padre ia fazer uma viagem e disse a meu pai que não gostava de viajar e deixar obra. Fez um batismo em uma igreja que estava sendo construída, com apenas um metro de altura. Caminhou por dentro da obra com a cabeça baixa, despediu-se do meu pai abençoando a construção e morreu na viagem de acidente de carro.

Dutrinha, um seringueiro atrapalhado, gostava muito de ler. Era muito inteligente. Certa vez me contou que seu pai casou pela segunda vez e a madrasta o tratava muito mal. Certa vez seu pai o chamou, falou que sabia que estava sendo duro com ele e que ele soubesse que gostava muito dele. Seu pai morreu no mesmo dia em um acidente de trabalho em escavação na construção de uma rodovia. O próprio Dutrinha contou que, quando trabalhava de servente de pedreiro, o pedreiro era meio da pesada e cheio de bagunça. Em um ponto de ônibus, o pedreiro mostrou as fotos da mãe e da irmã para o Dutrinha e falou que não sabia por que às vezes sentia saudade de pessoas que ele via todos os dias. Dutrinha pegou seu ônibus, que era o primeiro, e o pedreiro foi fuzilado por um grupo de traficantes minutos depois.

No distrito fundado por funcionários da empresa, além de vários casos como o da praça, do trevo, da rodovia, tivemos muitas mortes em briga de bar, entre vinganças, rivalidades e até escândalos. Isso sem contar barracos envolvendo autoridades, políticos, policiais militares e seguranças da empresa. Casos de traição não pretendo citar, pois seriam várias noites inteiras escrevendo. Meu intuito é escrever sobre os seringueiros e suas vidas, deixando de lado algumas coisas insignificantes. Termino *Mortes e Mitos* com a trágica história de um rapaz que bebia muito e sofreu um acidente de moto, quando perdeu uma perna. Meses depois foi alertado pela própria irmã, evangélica, que diz ter tido uma visão de que, se ele não mudasse, morreria. E foi o que aconteceu. Morreram na mesma rodovia ele e outro rapaz, ficando mais dois colegas feridos.

1.500 bicicletas

Certa vez meu chefe chegou na escola de seringueiros ou de sangria e disse: "Neste momento tem 1.253 sangradores trabalhando, fora os encostados, de férias ou atestado". Poucas equipes usavam ônibus para ir das casas aos seus lotes de trabalho, pois as vilas eram bem distribuídas no imenso seringal. Mesmo os que usavam ônibus tinham suas bicicletas. Seus filhos também tinham, além de bicicletas reservas e aquelas que a empresa emprestava para os novatos. Isso somava umas 1.500 bicicletas.

Cada vila tinha suas pequenas oficinas de conserto, peças e manutenção, e os mecânicos eram também seringueiros. Então eu disse ao X: "Sabia que aqui na empresa tem mais de 1.500 bicicletas?". Ele respondeu: "Fora as motos!".

Enquanto alguns tinham paixão por sua bicicleta, elementos como Chiqueirinho, Gambá e o lendário Bica jogavam as bicicletas em qualquer lugar. E o Cobrinha, um operador de quase 30 anos de firma, que caiu de bicicleta dentro de uma caçamba de borracha vazia. Essas caçambas ficavam nos pontos onde os caminhões as coletavam cheias e deixavam outras vazias. Nesse fim de semana, o Cobrinha, bêbado, caiu dentro e dormiu lá mesmo. Lá pelas tantas, um chefe alumiou com a moto e tentou dar um sermão nele dizendo: "Você já tem 50 anos, rapaz! Que vergonha!". Ele respondeu: "Eu cheguei atrasado no trabalho? Só vou trabalhar amanhã à noite. Lá você me fala de trabalho e deixa minha vida que eu cuido. Eu nunca traí ninguém. E você, que traiu sua mulher?". São pequenos relatos envolvendo as magrelas e seus donos.

Escravos de Mamon

Desde a antiguidade, o dinheiro tem sido perdição para muitos e motivo de traição, discórdia, covardia, ódio, ganância e falsos casamentos. Criado em forma de moeda de vários tipos de metais, como ouro, prata, bronze, pelos Lídios da Anatólia (Ásia), por Creso da Lídia (526 a 546 a.C.), o dinheiro associado com a prostituição tem amaldiçoado a terra na maioria das vezes. Com os seringueiros sobre os quais relato, não foi diferente. Relatos da Bíblia apontam para um demônio ou deus, para gregos, cretenses e outros povos, como o deus ou o senhor do dinheiro, tal chamado Mamon. Os sobreviventes do sistema também foram escravos dele, principalmente depois de 2002, quando alguns setores do seringal passaram a receber pelo banco, até todos os funcionários, a partir dos três primeiros meses de serviço, que é o que mais ou menos levariam para acertar com o banco e receber cartão e senha. Antes de 2000 ou 2002, só os mais afoitos solteiros ou alguns casados davam aquela escapadinha para as cidades vizinhas para procurar mulher, boate ou até bebiam ali no distrito mesmo. Porém, sem alta escala, apenas pequenos grupos isolados. Quando passaram a receber pelo banco, desinformados de como funcionavam os empréstimos que o banco oferecia, muitos começaram a entrar em até três empréstimos (CDC Salário) ao mesmo tempo. O banco tirava a mensalidade (prestação), os serviços e juros aumentavam, taxas que ninguém sabia ou era avisado, e muitos se deparavam com apenas 30 ou 40% do que esperavam receber. Histórias bizarras de escravidão surgiram quando foram abertas duas boates no distrito (vila fora da empresa). Prostitutas induziam os menos instruídos, muitos analfabetos, nordestinos e velhos, a pegarem empréstimo no banco. Alguns davam cartão e senha para qualquer pessoa ir tirar. Outros deixavam com as garotas. Teve caso de gente que não pagou a cantina nem as contas das mercearias (mercadinhos) das vilas nem as continhas de coisas menores, como perfume, roupa ou dez reais que alguém emprestou. Nisso a cantina não vendia, outro colega não confiava, o indivíduo não conseguia onde comer. Um deles, tido como Pelanca, que já conhecemos em outro capítulo, ficou sem dinheiro para comer e sem crédito até com os outros seringueiros.

Tem também a história do já falecido Bica, um rapaz de origem indígena que pulou bêbado de um barranco para dentro d'água e bateu a cabeça numa pedra. Esse foi um dos escravos de verdade, ele insistia por mais uma garrafa e a dona do mercado já ficava com o cartão e senha. Como ele não tinha parentes por ali, ou alguém para ajudá-lo com palavras, sua vida foi assim. O chefe às vezes insistia para ele buscar um rumo, pois o chefe via os falsos colegas e a dona do mercado se aproveitarem do Bica, porém ele só funcionava com álcool e depois caía de bicicleta, dormia na rua. Ali não tinha igreja a não ser no distrito. A empresa até tentou uma vez alfabetizar os funcionários, por meio de uma sala de alfabetização, que durou pouco, e conscientizava por meio da CIPATR[1], com palestras sobre alcoolismo.

Outro caso foi de um piauiense que gastou o salário, fez CDC, gastou e pegou dinheiro de um colega falando que era para mandar para a mãe que estava doente, mas tudo foi paixão por uma mulher da boate. Homem casado que tirava o salário dele e da mulher, passava pela boate e gastava tudo isso não foi um nem dois. Uma certa mulher me disse que o marido fez isso com os pagamentos deles, e os vizinhos deram de comer para ela passar o mês só por causa das crianças, e o vagabundo ainda pôs fogo na casa bêbado, pois tinha gastado férias e décimo com uma moto que ele bateu e não era dele. A coitada da mulher não saía de casa porque não conseguia passar para o tempo integral. Ela trabalhava somente no período da manhã e a

---

[1] Sigla para Comissão Interna de Prevenção de Acidentes do Trabalho Rural.

empresa pedia um prazo para efetivá-la, e então daria casa e ela poderia se livrar do sujeito. Enquanto ela me contava isso, sua barriga roncou, pois eram 9h50 e ela tinha saído às 5h sem sequer água no estômago. Eu, por minha vez, só tinha meu rango e uma laranja, que não pensei duas vezes em dar àquela mulher. E assim tem o relato de outro cuja mulher o pegou na boate, deu-lhe um tapa na cara, tomou o cartão e o dinheiro que era dela e disse para as meninas: "Agora podem ficar com ele, eu só quero meu dinheiro". Daí por diante, o sujeito foi apelidado de Cinco Dedos. Essas são algumas das muitas histórias que aconteceram com os escravos de Mamon.

ITINERÁRIOS

Viagens e paisagens

Ser um monitor de seringueiros me deu algumas vantagens. Por eu me destacar entre os outros, a empresa me mandou a muitas missões, sendo a primeira em julho de 2007, quando fui para dar demonstração de sangria de seringueira, sendo preletor de palestras e dias de campo em um encontro (intercâmbio) entre povos da floresta, agricultores e extrativistas. O foco do encontro foi recursos naturais com floresta em pé. Por exemplo, a extração de óleo de copaíba não derruba, não mata a árvore, não dá doenças. Outro exemplo foi a coleta de castanha-do-pará, que eles chamam de castanha-do-brasil. A coleta não agride o meio ambiente. Também vimos a extração do látex, que é a produção da borracha, no estilo do Acre, com os representantes da Reserva Extrativista Chico Mendes, de Xapuri, Acre. Isso tudo aconteceu em uma aldeia indígena na Reserva Roosevelt a cerca de cem quilômetros do município de Juína, Mato Grosso, onde vive o povo Rikbaktsa. São indígenas que na época tinham cinquenta anos de contato com os brancos. Nisso eu, que só conhecia seringueira industrial plantada com densidades precisas, regras de exploração, enxertia, clones etc., passei a conhecer e ensinar dando exemplos para aquelas mais ou menos duzentas pessoas em árvores nativas. Nosso intuito não foi só dar motivação, comprar a produção, dar assistência técnica ou ser simpático. O foco da empresa em que trabalhei foi principalmente a parte de marketing. Quem participa de um encontro desses, onde estão presentes a Petrobras e outros órgãos governamentais como Funai, destaca-se também em jornais e revistas. Fomos todos fotografados: o engenheiro florestal, que representava a empresa, eu, que ministrava o curso, e os participantes: agricultores, índios de Rondônia, Acre e várias cidades de perto e até mais distantes do Mato Grosso. Todos fomos filmados e saímos na TV de Cuiabá. Essa foi uma experiência que poucos tiveram: conhecer um rio lindo como o Juruena, um dos mais preservados do mundo; conhecer os indígenas de vários povos dos estados do Mato Grosso, Rondônia e Acre, além de conhecer e beber um refrigerante com o Mário Cinta Larga da Reserva Roosevelt, de Rondônia; conhecer tradição secular, costumes, crenças, histórias contadas numa espécie de teatro e danças para todas as ocasiões, como recepção, despedida para a lua, dança da colheita e outras. Sem contar as paisagens nas centenas de quilômetros entre a empresa e a cidade de Juína, muitas pontes, rios, córregos, cascatas, cerrados, povoados e cidades, índios e todos os tipos de habitantes daqueles interiores do Mato Grosso. Isso para mim valeu, é inexplicável a satisfação. Uma observação: foi em 2007 que conheci a seringueira nativa, muito diferente da que conhecia, pois a espessura é enorme e altura não se vê, pois se perde entre as outras árvores da floresta. Esse relato foi vivido por mim nesse período, sendo um marco na minha carreira profissional na parte de assistência técnica e formação fora da empresa.

    Em novembro do mesmo ano de 2007, foi minha segunda viagem, alguém seria escolhido para dar formação a cerca de quarenta pessoas no Vale do Ribeira, em São Paulo. Um comprador de borracha representante da empresa tinha no seu contrato o direito de assistência na parte de formação. Ele reúne produtores, pessoas que querem plantar, seringueiros sem experiência, seringueiros experientes e até curiosos. Essas pessoas passam por três dias de treinamento prático e teórico em um centro de pesquisa cedido pela Universidade de Campinas, que fica em Pariquera Açu, no Vale do Ribeira, São Paulo. Depois de dar o treinamento e várias palestras sobre como explorar de forma correta a seringueira, meu trabalho foi visitar propriedades nas seguintes cidades: Jacupiranga (onde eu estava hospedado), Sete Barras, Miracatu, Registro, Juquiá, Cajati e Eldorado. Todos esses interiores percorremos conhecendo fazendas de banana que tinham suas pequenas plantações de seringa. Pequenas por falta de conhecimento. Muitos proprietários derrubaram até vinte mil pés. Os que não derrubaram foram aqueles que não precisavam da terra e deixaram seus seringais na mata como que natural, pois quando plantaram há trinta, quarenta ou até cinquenta anos foi por incentivos governamentais e projetos que foram abandonados pelos governos posteriores. Então, uma cultura geradora de emprego e com um altíssimo retorno financeiro foi derrubada por negligência e ignorância, consequência de falta de informação e até descaso político, pois se os governantes se interessassem resgatariam essa cultura e gerariam renda e emprego no Vale.

Nessa viagem conheci pessoas maravilhosas e especiais. Uma delas foi Lambert, nascido no Congo, filho de belgas, criado entre Bélgica, Congo e França. Era o representante da empresa em que eu trabalhava, mas ele era comprador de borracha só naquela região de São Paulo. Essa personalidade tinha 64 anos em 2007, cerca de vinte e cinco anos de Brasil. Veio como engenheiro industrial pela embaixada do Congo no Brasil, passou por vitórias, batalhas e derrotas. Na época ele trabalhava sem muito retorno financeiro e mais ajudava as pessoas do que ganhava dinheiro. Conheci várias pessoas que me fizeram feliz no assentamento Braterra em Miracatu, próximo ao distrito de Oliveira Barros. Especialmente o casal Seu José e Dona Cida. Ele tinha 72 anos, ela 57, isso em 2007. Sitiantes aposentados, trabalhavam na seringa para melhorar a renda, ganhando 50% do que produziam, sem muita correria, mais por distração. Conhecer esse casal foi como se eu tivesse encontrado um casal de avós ou de tios que prestavam toda confiança e admiração que uma pessoa pode prestar a outra. Essa foi minha viagem de experiência, fui sozinho e desempenhei um bom trabalho. Em Curitiba, a caminho do Vale, revi um tio que há cerca de 23 anos não encontrava. Eu peguei uma folga e passei o dia quase todo com ele e outros parentes, minha tia e primos. Isso para mim foi tão satisfatório quanto ir nos índios, pois sou paulista e não conhecia o interior do meu estado e fazia muitos anos que eu não ia a São Paulo. Ver todas aquelas serras, matas e rios de São Paulo e Paraná foi muito importante. Curitiba e Londrina são coisa fina. O interior de São Paulo e região

que fui, com fazendas da época da migração japonesa, com casas antigas com jardins, várias espécies de plantas, é tudo inexplicável. O hotel, centro de pesquisa onde dei o curso e tudo ao redor, é de admirar.

O retorno ao Vale

Durante quase um ano, não deixei de me comunicar com o velho Lambert, aquela excelente figura. Meu retorno lá dependia da necessidade dele e da agilidade da empresa em dar-lhe assistência. Dessa vez eu já não era marinheiro de primeira viagem. Passei em Curitiba de ida e volta, aproveitei para rever meus parentes ao invés de ficar na rodoviária por várias horas. Eu ia para a casa do meu tio e voltava só quando faltava quarenta minutos para o ônibus partir para o Vale, isso na ida, pois na volta eu fiquei de um dia para o outro, conforme o combinado na empresa. Essa viagem me fez rever um irmão para quem, após a primeira viagem, conseguimos um serviço em um pequeno seringal em Sete Barras. Ele tinha saído da empresa em que eu trabalhava e estava parado, só fazia bicos na cidade de Coxim, Mato Grosso do Sul. A partir do Lambert, conseguimos esse feito. Lá estava eu revendo meu irmão que seguia meu rumo no ramo da seringa. Também revi quase todos os participantes do primeiro curso e alguns colegas que não sobreviveram ao sistema e à burocracia da empresa em que estavam e foram parar lá por meio do técnico que tinha ido diversas vezes antes de mim e tinha sido meu chefe por três anos. Nessa viagem fui até Cananéia, uma das vilas mais velhas do Brasil, cidade que depois de Porto Seguro e São Vicente foi a terceira fundada pelos portugueses. Ainda tem canhões e casas de pedra, isso perto da ilha comprida à beira-mar. Conheci melhor Registro, Pariquera Açu e Juquiá, que da primeira vez é tudo estranho. Em Registro encontrei um livro relíquia, *O Príncipe*, de Maquiavel. Esse livro me foi recomendado por um colega de infância em Coxim, MS, e nunca consegui comprá-lo. Lá em registro, eu comprei por quatorze reais numa edição de bolso da coleção chamada A obra-prima de cada autor. Sobre as propriedades que visitei nessa segunda vez no Vale, encontrei uma propriedade que tinha diversas doenças nas folhas, causadas por fungos, como o famoso *Microciclus ulei*, conhecido como mal-das-folhas. Elas só dão em litoral por causa da umidade que fragiliza as folhas e as doenças atacam. Soube depois que a doença foi controlada. Revi um velho conhecido que estava em outro seringal e da primeira vez ele relembrou as épocas boas na empresa onde eu trabalhei e ele também com seus filhos, alguns ainda continuavam por lá. O velho estava entusiasmado com o novo seringal. Outro colega foi o Faustino, com quem trabalhei junto quinze anos antes em uma olaria em Coxim. Ele também foi da mesma empresa. Nessa viagem comemos em um restaurante japonês, o cardápio foi *yakisoba*. Foi a primeira vez que comi com os famosos *hashi*, dois pauzinhos. Trouxe várias mudas de orquídeas, uma delas para minha irmã, então uma adolescente de 14 anos. Quando eu saí de casa para trabalhar fora da cidade pelas primeiras vezes, ela tinha 2 anos. Retornando ao Mato Grosso, fui retomar meu trabalho de formador na empresa e fazer vários relatórios de tudo que fiz, como as visitas, clones, produção, quantos pés em cada propriedade e assim por diante.

Além de ter feito mais uma viagem ao noroeste do Mato Grosso para novas palestras com indígenas e ribeirinhos, nos anos 2008 e 2009 trabalhei muito no noroeste de São Paulo, região em que mais se plantava seringueira na época. Dei assistência técnica em um grande grupo de Matão, São Paulo, onde revi muitos amigos que trabalharam na empresa comigo em Mato Grosso. Trabalhei na região de Marília, Garça e adjacências, dando apoio a produtores de um comprador que atuou na região há mais de dez anos. Vi, como em outros lugares, que a falta de técnicas, conhecimentos, mão de obra especializada e falha na administração faziam com que algumas propriedades só produzissem cerca de setenta por cento de suas capacidades. Em abril de 2009, foi a vez de conhecer a região da divisa de São Paulo com o Mato Grosso do Sul, desde Rubinéia, Santa Fé do Sul (cidades na fronteira) até por volta de Minas Gerais, passando por regiões de cidades bem destacadas como Votuporanga, Jales e Fernandópolis. Nessa tacada foram cerca de 29 cidades. Isso conhecendo as situações dos seringais, que, por sua vez, me fizeram enxergar uma situação lamentável devido à disputa de usinas e compradores por produtores. O foco virou a borracha, a assistência técnica, no entanto, era coisa do acaso e muitos produtores estavam destruindo seus patrimônios por falta de conhecimento e de incentivos que poderiam vir do Ministério da Agricultura, órgãos ligados como Embrapa, Senar, prefeituras, e dos compradores, que nunca promoviam palestras ou cursos. Ainda encontrei sem forças alguns sindicatos, associações, cooperativas que, por falta de apoio, iam de mal a pior. Porém, eu era um visitante e só podia olhar, às vezes comentava quando solicitado por algum produtor ou pelo comprador que me conduzia, o lendário "Gilson Palmito".

Em 2009 continuei trabalhando entre Mato Grosso e São Paulo, indo e vindo, prestando apoio para uma empresa de compras de borracha que comprava para a empresa em que eu trabalhava. Assim fui conhecendo cidades, lugares, pessoas, empresas até chegar o dia em que me despedi dos mato-grossenses, tanto dos seringueiros que sobreviveram ao sistema como de meus amigos, irmãos de fé, pastores e, por fim, de minha família em Coxim. Aceitei a proposta mesmo não sendo financeiramente animadora. Porém, vir para uma região de São Paulo que produz mais de cinquenta por cento da borracha do país seria como um jogador ou técnico de futebol do Brasil ir para a Europa. Por fim, em

31 de novembro de 2009, trabalhei meu primeiro dia em São Paulo, na região de São José do Rio Preto. Conheci, até os dias de hoje, cerca de 130 cidades paulistas, entre as que visitei, ainda criança, as do Vale do Ribeira (litoral sul) para onde fui a serviço e as que conheço trabalhando e andando de moto nos finais de semana.

Depois de conhecer todas as situações de seringais possíveis na região, passei por constrangimentos, decepções, desacertos, dilemas. Isso com infidelidade de proprietários que só pensam em preço, alguns casos de gerentes e seringueiros desonestos e luta de um grupo que está se adaptando, conhecendo, começando e passando por situações e ajustes, mostrando suas falhas e procurando não cometê-las. Entre quase pedir contas e ser elogiado, sobrevivi ao sistema em São Paulo ainda por três anos e lutei até os últimos dias para continuar na empresa, pois minha intenção era me aposentar nela. Porém, a direção da empresa foi trocada, o chefe que conhecia meu trabalho e me levou para o interior de São Paulo foi demitido. O novo chefe não considerou meu serviço prestado, minha fidelidade e minha experiência e me demitiu alegando que eu estava fazendo faculdade, não poderia viajar para longe, teria que mudar de cidade, teria que ficar vinte dias em uma assistência próxima ao estado do Pará. Porém tinha pessoas com a capacidade semelhante que poderiam realizar essas atividades. Depois de ter explicado para ele o quanto fui dedicado e fiel, fui demitido.

De cabelos ao ombro à calvície inevitável

Passados doze anos depois que fui contratado pela empresa, trabalhei como braçal ou trabalhador agrícola, passei a seringueiro e depois a monitor formador. Esse último era o que ensinava os candidatos a trabalharem com a seringa, também fazia avaliação de qualidade, acompanhamento no campo e trabalho de formação de supervisores que assumiam equipes fixas já formadas e mais a traçagem ou a preparação para uma árvore entrar em sangria com suas respectivas divisões, linhas, ângulos etc. Esses trabalhos eram quase o que fazia em 2010, nos últimos tempos em que estive na empresa. Era formador ou monitor de assistência técnica, atuando em São Paulo e até Minas Gerais e Goiás, indo vez por outra na unidade em que morei onze anos no Mato Grosso e prestando serviços em reservas extrativistas e indígenas no Amazonas, Mato Grosso e Rondônia. Tornei-me crente, sério, conservador, porém fui cabeludo com cabelos na altura não só dos ombros, e sim dos cotovelos. Pratiquei artes marciais, capoeira, futebol, toquei do Rock ao Gospel. Andei do Distrito Federal a São Paulo, passando por Goiás, Minas e Paraná, tanto a serviço quanto por prazer e curiosidade. Lutei estudando e trabalhando, cozinhava, lavava minhas roupas e fui um aluno exemplar, assim como permaneci um funcionário que por várias vezes recebeu avaliação em que superava as expectativas. O fato de participar de uma banda com o nome de Os Ordinários do Ritmo não fez de mim um ordinário, e sim alguém admirável que trabalhava e fazia bico como pintor de letras, não perdia uma hora-extra, ensinava adolescentes a tocar violão e nas noites de sábado sempre aparecia uma festa ou boate, bar para tocar.

 Por amadurecer fui deixando o que considerava inútil. Antes da seringa, aos 19 anos, deixei de beber por opinião, pois sairia da casa dos pais, cidade a qual eu amava, porém não me mostrava futuro (Coxim, MS). Sem emprego eu às vezes bebia até chegar ao ponto de ser repreendido pelo meu pai, que no momento foi bem duro. Depois fiz opinião de não preocupar meus queridos velhos, que tive que deixar assim como ainda estou. Fumo e droga nunca tive esse desprazer de conhecer, pondo cigarro apenas por três vezes na boca. Depois dos 23 anos, foi só amadurecer, apesar de cortar meus cabelos em 31 de dezembro de 2003, quando já tinha quase cinco anos que não fazia mais que aparar algumas pontas, também usei barba por uns três anos, mantendo estilo hippie, fiz até trança na barba e nos cabelos estilo rasta. Isso fez de mim uma ilustre figura que quebrou barreiras por onde eu passava. Hoje não me arrependo, porém queria ter conhecido Deus bem antes e servi-lo como músico, pregador, cooperador que agora sou. Graças a ele que me deixou escolher e escolhi servi-lo.

EPÍLOGO

Quem sabe por que o fim? (Declínio)

Seria consequência de uma era premeditada? Seria inevitável? Muitos assuntos intrigam os curiosos, os sem resposta, como eu que não sei por que tudo se reduziu a quase nada. Algumas possíveis respostas são: clones improdutivos que nunca tinham sido plantados no Cerrado (Centro-Oeste); pragas e doenças que infestaram o solo, as raízes e as folhas, como os nematoides; clima com longo período de estiagem e temperaturas altas, que as plantas não conheciam por serem originárias da Amazônia; fatores provenientes da negligência de alguns responsáveis por setores operacionais que abusaram das plantas por irresponsabilidade ou ganância; o retorno financeiro que a planta só proporcionava depois de nove ou dez anos do plantio, dando despesas e cuidados durante esse tempo; fatores como mão de obra, ações judiciais, exigências por parte do Ministério do Trabalho. Todos esses podem ser fatores que influenciaram a queda. Há quem diga que seria premeditado, sendo um enorme campo de pesquisa subsidiado pelo governo e órgãos até internacionais, com uma carência de contrato de trinta anos. Como todo contrato datado, aquele teria vencido e com toda essa dificuldade e despesa não valeria a pena continuar explorando um seringal já antigo com uma diversidade de clones que não pagaria sequer a mão de obra. Porém, as estruturas e dependências como usina de beneficiamento de borracha, viveiro de mudas, experimentos (pesquisas), assistência técnica e tudo mais não foram abaixo imediatamente por necessidade da região que também produzia borracha e plantava seringueira. Por outro lado, a experiência adquirida pela empresa fez com que ela abrangesse o mercado brasileiro nos estados de São Paulo, Goiás, Tocantins, Minas Gerais, Mato Grosso e Mato Grosso do Sul. Então esses pontos de interrogação que têm "encucado" a cabeça de muitos desde que aconteceu o fechamento, a venda e a transformação de tudo que havia ali.

Como ficaram os sobreviventes do sistema?

Hoje com a venda do plantio (mais de oito mil hectares foram vendidos) restaram cerca de cento e vinte famílias que fazem parte de um projeto de assentamento e que pegaram terra para continuar na seringa e também na agricultura familiar. Essas famílias são seringueiros de vários ramos, como sangria industrial, experimental e funcionários que inspecionavam pragas, tais como alguns supervisores, controladores de qualidade, tratoristas, motoristas e outros. Esses pegaram cerca de dez hectares de terra contendo cerca de quatro mil pés de seringa e terra coletiva para o uso de todos. Ganharam casas na vila (uma das vilas não foi vendida, ficou para o projeto). Também contam com tratores e outros equipamentos e máquinas. Por ter sido repentino e ninguém ter preparado a população de seringueiros, muitos ou a maioria dos selecionados ou beneficiários foram de outros setores, e não os seringueiros antigos. A maioria não entendeu nada e desperdiçou a chance achando que iriam entrar em dívidas ou em uma furada. Se não fosse uma coisa tão repentina, com um ou dois anos de antecedência, a empresa poderia ter passado a real para aquelas pessoas que dedicaram boa parte de suas vidas ali. Poderiam ter evitado que funcionários de até vinte anos de empresa procurassem se afastar por meio do INSS e até com afastamentos fraudulentos fornecidos por médicos corruptos que cobravam cerca de duzentos reais para afastar um funcionário. Não encontrando outra maneira de receber seus direitos trabalhistas, estes se sujeitavam ao afastamento e até a sofrer humilhação como não ter direito de pegar certos ônibus internos. A empresa não queria facilidades, direitos ou privilégio algum, como prêmios, hora-extra no banco de horas, folga ou coisa assim para funcionários afastados. Então o sistema os oprimia. Eles sabiam que o sistema adotado pela empresa era não mandar ninguém embora, aparecendo alguns que faziam papel de corvos ou abutres que esperavam a empresa mandar alguém e motivar a colocarem na justiça com alguns advogados que davam cem reais para o mediador por cada funcionário demitido que fosse indicado. Isso eu vi com meus olhos, sendo eu ativamente um homem popular, militante e entrosado com toda a classe que se encontrava na região, desde um irmão de igreja a um revoltado que se queixava da empresa e do município e do distrito que fundamos paralelo à empresa. Esse foi o destino dos que restaram no local onde funcionava o seringal. Considero sobreviventes do sistema, além desses, todos os funcionários que trabalharam até o fechamento da unidade.

O seringueiro engenheiro

O engenheiro de mãos calejadas. Sempre fui um dos mais pobres da faculdade, pagando mensalidade, prestação de dois terrenos, INSS e cuidando da minha esposa e de meu filho. O normal seriam cinco anos para me formar em agronomia, mas gastei sete anos. Foi muita chuva no lombo, assistência técnica que eu fazia fora e por algumas vezes morei onde não pegava internet e até celular e perdia matéria que era disponibilizada na rede. Em um período, por 10 meses, tinha que pegar a moto por cinco quilômetros até a cidade, pegar o ônibus da prefeitura e rodar mais 30 quilômetros até a faculdade. Quantas chuvas levei da cidade para a fazenda, fora as quedas e cachorros naquela escuridão. Em outra fazenda em que morei, eu pegava o ônibus perto de casa, mas também era o último a ser deixado na volta, já quase meia-noite. No sexto ano de luta, eu era o primeiro a ser deixado, pois o trajeto era feito ao contrário. No sétimo ano, eu estava morando na cidade e estudando somente dois dias por semana, pois eram só as dependências, matérias que tinham faltado. Bem mais perto, pagando bem mais barato, trabalhando muito, porém sete anos mais velho e com a cabeça mais fria. Conhecia melhor o sistema da instituição. Tinha aprendido e me acostumado com a jornada de trabalhar em dois lugares, estudar e cuidar da família. Então aquele seringueiro que começou aos 20 anos e estava chegando aos 40 tornou-se um engenheiro agrônomo que, ao longo dessa trajetória, vem escrevendo suas lutas e sabendo que Deus ajuda e coloca pessoas para te dar apoio.

 Um proprietário de um sítio em que trabalhei com minha esposa certa vez deixou um valor que dava para pagar oitenta por cento da minha mensalidade da faculdade. Ele é um grande empresário, empreendedor em vários ramos na região de Monte Aprazível, São Paulo, porém é maior como ser humano, sabia que o preço da borracha tinha caído e nossa porcentagem era baixa. Quando o preço estava alto, era comum ocorrer uma baixa na porcentagem e às vezes alguns não se importavam muito e ofereciam aos seringueiros o que estava nos contratos antigos. Porém, naquele ano o clima não ajudou, choveu pouco, a seringueira respondeu mal e ele, como era acostumado a reconhecer quem se esforçava para produzir, terminava levando sempre cestas de Páscoa, de Natal, leitão e oferecia algumas condições com que outros não se importavam. Esse fazendeiro trabalhava com parceiros na produção de borracha (não eram funcionários, eram contratos de parceria), recebiam somente proporcional à produção, não tem registro na carteira. Como a produção dura de nove a 10 meses por ano, o seringueiro tinha que juntar dinheiro, adiantar contas ou trabalhar em outra coisa no período de seca. Muitos seringueiros estão até hoje em um sistema parecido ao que Henry Wickham descrevia em seu diário e posteriormente em seu livro, sobre o que acontecia no século XIX nos seringais nativos na Amazônia. O seringalista supria o seringueiro que trabalhava para acertar com o "patrão". Eu nunca fiz isso, sempre trabalhei de carteira assinada, então quando fui para a parceria carregava o costume das formigas (guardar para o tempo de crise) e isso faço até hoje. Com esse bom homem, por estarmos no mesmo ramo, nunca perdi o contato. Sempre para ele presto algum serviço, como buscar o que ele precisar, procurar um novo seringueiro, contato, observar como está a produção e tudo o que for preciso.

Esse foi um dos que me apoiaram. Certa vez, ao me ver com um celularzinho simples, me deu um modelo mais moderno que tinha sem uso, porque sabia que na profissão um aparelho que pegasse internet, aplicativo de mensagem e outras funções era primordial para situações de urgência como doenças em seringueira, produto a ser aplicado, fórmula etc. Outros que apoiaram o então seringueiro que era quase engenheiro foram os próprios agrônomos que me conheciam desde a multinacional e nunca perderam o contato. Eles me arrumavam serviços de assistência técnica que não davam conta de realizar e em situações em que eu tinha mais prática eles nunca deixaram a humildade e diziam: "Capitão, você sabe melhor do que eu". Isso me fez prosseguir, saber que, além de minha esposa, que estava com a merenda ou marmita preparada sabendo que eu chegaria e sairia em instantes, teria muitas pessoas que falavam da minha luta entre muitos que ciumavam, porém eu sabia que eram pessoas que não saíam do lugar por não ter atitude. E assim me formei e escrevi meu livro, servindo de exemplo para os que lutam. Sigam em frente!